Your Lover Audition I know it's not in the script, but can I kiss you?

キミの恋人オーディション

台本にないけどキスしていい？

「やっほー！　よろしくね、英輔♪」

鏡心菜

［ かがみ　ここな ］

元天才子役だが、学園では現在Ｅランクと下位に甘んじている。子役時代はお嬢様だったが、ギャルになり周囲を驚かせた。実は、理系科目が得意で……。

「言っちまえば、人間関係なんて全部芝居さ」

柊木英輔

［ ひいらぎ　えいすけ ］

とある事情であまり学校に通っていなかったが、幼いころに出会った天才的役者「情華」を探すために国内トップの芸能学校・華杜学園へ転校する。「助演」として他の役者を輝かせる芝居が得意。

柊木来愛

［ ひいらぎ　くれあ ］

英輔と同い年の義妹。プロの作家であり、脚本家として学内最高のSランクに君臨する逸材。兄を激推しするブラコンな一面も。

「全員、役者失格ね」

雪村つるぎ

［ ゆきむら　つるぎ ］

学内トップクラスのAランク女優。《雪の女王》の異名を持つ役者で、感情的な演技が得意。しかし直感型のため、暴走することもしばしば。英輔の義母である大女優の柊木遊月に憧れているようで……。

「あっ、おっかえり～！」
「おいしく作るから待っててね♡」

「朝まで遊びましょう?」

Program

目 次

Your Lover Audition

I know it's not in the script, but can I kiss you?

キミの恋人オーディション
台本にないけどキスしていい?

あさのハジメ

MF文庫J

口絵・本文イラスト●ｅｍｉｌｙ

序幕　情華

「世界で一番嘘(うそ)つきな職業って、なんだと思う？」

歌うような軽やかさで、彼女はそうたずねてきた。

劇場。

数年前に閉鎖され、未来永劫(みらいえいごう)日の目どころか観客の目にもさらされることのない、舞台の上。

そこは幼い俺たちの稽古(けいこ)場だった。

「詐欺師」

俺がそう答えると、彼女は笑顔のままで首を振ってから、

「正解は役者だよ。役者は舞台の上ならなんにでもなれる」

「なんにでも？」

「そう。自らの演技で観客を欺(あざむ)けば、人殺しにも、救世主にも、神様にもなれる」

「……」

「幕が下りるまでの間、観客に現実を忘れさせ、虚構の世界へと招き入れ、心酔させる。

それが役者だよ」

「心酔……ねえ。それこそ――」

「詐欺師みたいな言い草だな」


ゾクリと背筋が震える。

彼女は俺とまったく同じセリフを口にしていた。

コンマ数秒も違(たが)わぬタイミングで、ユニゾンさせた。

しかも、それだけじゃない。

驚く俺と同じように、彼女も驚きの表情を浮かべていたのだ。

試しに右手を上げると彼女もそれに合わせて左手を上げ、後ろに一歩進むと彼女もそれに合わせて後退。

彼女は、俺を演じていた。

「いつもの即興劇(エチュード)か？」

二度目のユニゾン。

まるで合わせ鏡だ。恐ろしいくらいに、俺の思考を読み切っている。

その超人的な演技力にほれぼれするのと同時に――好奇心がわいた。

もし彼女の芝居を壊すとしたら、どうすればいい？

彼女は俺という名の仮面を被っている。

この仮面を崩すには――。

「……」

答えは簡単に見つかった。


この劇場には奈落がある。

奈落とは舞台の下にある空間のことで、通路として使用したり、床をエレベーターのように上下させる『迫り上がり』を利用して、役者や大道具を舞台に上げることもある。

その迫り上がりが下がっていた。

つまり今この舞台には穴が開いている。

深さは5メートルほど。

そして、その穴は彼女の真後ろにあった。

つまり俺があと数歩後ろに下がれば――。

「……」

そこまで考えて、俺は首を振った。もちろん奈落があることは彼女も知っている。

だから落ちる寸前で演技をやめる。

そう思ったが——思い直すことにした。

「優しいね、きみは」

不意に彼女は芝居をやめ、少女らしい笑顔を浮かべた。

「おかげで落ちないで済んだ」

「……そこまで俺の思考を読んでたのかよ」

「ふふっ、落ちこまないで？　むしろ冴えてる」

「俺が？」

「ボクの演技をやめさせるために奈落に落とすなんて発想は、フツーの子供じゃ考えつきもしないさ」

「さっきまでフツーじゃない行動をしてたヤツにほめられてもな」

「うれしくない？　だったら、こういうのはどう？」

イタズラっぽい表情で、彼女は俺との距離を詰めてから、

「大好きだよ、英輔」

「……は？　また演技か？　もしくはシャレか？」

「シャレ？」

「『きみがボクを奈落に落とさなかったおかげで、ボクは恋に落ちた』的な」

「あはは！　ボクはホントに英輔のことが好きだよ？　きっときみは将来、ボク以上の役者になれる」

「俺はおまえの思考を読んだだけだぞ？」

「そこが重要さ」

情華(じょうか)はうれしそうに微笑(ほほえ)む。

「ボクが英輔の思考を読んできみを演じたのと同じで、きみもボクの思考を瞬時に読んだ」

「………」

「きみはセンスがあるし、頭も口も回る。だからこそ、気づけたんでしょ？」

「……まぁな。おまえ、演技をやめる気なかっただろ？」

おかげで落ちないで済んだ。

彼女はさっきそう言った。こっちの読み通り奈落に落ちる寸前で演技をやめるつもりなんてなかったわけだ。

彼女はその程度じゃ演技をやめない。

出会って数週間。

何度も即興劇（エチュード）をしたおかげか、そのことは痛いくらいにわかった。

彼女はたとえ舞台から足を踏み外したとしても、仮面を被（かぶ）ったままだっただろう。

焦燥も、恐怖も、絶望も、すべて封じこめて。

奈落に落ちていた。

彼女――情華（じょうか）はそんな女の子だ。

けど、だからこそ――。


俺は、情華に初恋をしたんだと思う。


芝居に……自分の好きなことのためならどこまでも夢中になれる彼女に魅力を感じ、惹（ひ）かれ、気づけば夢中になっていた。

その結果――俺は彼女に裏切られ、落とされることになる。

それは恋愛という名の奈落だったのだ……なんてシャレのきいたナレーションでもかかればよかったんだが、残念ながらそうはいかない。


そう、俺こと柊木英輔（ひいらぎえいすけ）が落とされたのは――。

第1幕　スクール・オブ・アクト

もし転校することになったらどうする？

想像してみて欲しい。

転校当日の朝の教室。隣には新参者を迎える教師。目の前にはたくさんの見知らぬ生徒。

バラ色とはいかなくてもそれなりに色づいた高校生活を送るには何が必要だ？

愛想のいい営業スマイル？

当たり障りのない自己紹介？

いや、もっと大事なものがある。

それは情報だ。

「おはようございます、兄さん」

転校前日の朝、４月の桜の下。

校門をくぐった俺を出迎えたのは、真っ白な帽子をかぶった少女だった。

つややかな茶髪のボブカット。ややフレームが太いがオシャレな赤いメガネ。右手には
シャープなデザインの腕時計をつけている。

表情は落ちついていて、休日に木漏れ日の下で読書でもしてそうな清楚（せいそ）で可憐（かれん）な雰囲気

を振りまいていた。

「おはよう。えっと……」

「もう、なぜ困った顔をするんです？　妹の名前を忘れたんじゃありませんよね？」

「バカ。そんなわけないだろ」

昨日見たクラス名簿にも載ってたしな、と言ってからスマホをフリック。

アクセスしたのは明日から俺が通う都内の私立高校――華杜(はなもり)学園のホームページ。

そこから生徒紹介のページに飛んで、２年Ｄ組の欄に進むと……ほら、あった。


《逸材脚本家》、柊木来愛(ひいらぎくれあ)」


「………」

「ランク・Ｓ。年齢・16歳。出身地・東京。プロフィール・日本を代表する大女優、柊木遊月(ゆづき)を母に持つ高校2年生」

「………」

「20××年、都内出版社の文学賞を受賞し、作家デビュー。その後、受賞作『ＣＬＯＶＥＲ』がドラマ化され、自ら脚本を担当。高校生脚本家として話題に――」

「兄さん。その大げさな紹介文を読んでからからかうために、とぼけたフリをしましたね？」

バレたか。

久しぶりの再会だし、気のきいたあいさつでもしてやろうと思ったんだ。

「すごいなコレ。生徒によっては身長とスリーサイズまで載ってるぞ」

「モデルやグラビアの仕事をしてる生徒もいますからね」

「来愛も雑誌に制服グラビアが載ってたよな？　右手で万年筆を持っていかにも作家って感じで」

「ふふっ、あれもプロモーションの一環です」

ここではいたって普通のことですよ、と来愛は付け足した。

そう、普通なのだ。

学校の公式HPに生徒全員のプロフィールが公開されていて、俺みたいな転校生でもある程度クラスメイトの情報を予習できてしまうことも。

「ところで、兄さん」

ただ、次に来愛が取った行動までは予習していなかった。

体に触れる温かな感触。

抱きつく……とまではいかない。

けど恋人同士がするみたいに、来愛は俺の胸に顔をうずめてきた。

「……来愛？」

「ジッとしてください」

メガネを外し、顔をうずめたままで言ってから、来愛(くれあ)はゆっくり深呼吸。

……なんだろう。

一年ぶりの兄妹(きょうだい)の再会に感動したのか？

それかさっきからかわれたことへの仕返しという線もありえる。

「えっ!? あれってまさか、柊木(ひいらぎ)来愛？」

「Sランクの逸材ちゃん!? 相手の地味なの誰!?」

「脚本書いたドラマ放映中なのに、こんな場所であんなこと……きゃ～！」

ジョギング中だろうか、体操服姿の女子たちが俺たちを見て歓声を上げていた。

「……なあ。突然こんなことするなんて来愛らしくないぞ。そろそろ離れて――」

「ダメです。まだ終わっていません」

「何が？　さっきの仕返しか？」

それならもう十分だろ。

甘い香水の匂いと服越しに感じる女の子のやわらかさ。

こんな往来で引っつかれるのは心臓によろしくない。

「……変ですね」

来愛は別人みたいに鋭い声で言ってから、

「ビリビリしません」

「？　この制服、静電気はひどくないと思うぞ」

「いえ、兄さん独特の電流を感じないんです。おかしい、昔は私の体が気持ちよくなるくらいシビれさせてくれたのに……」

「誤解される表現を使うな妹」

　一応言っておくが妹に卑猥(ひわい)なことをした経験はない。

「私が言いたいのは役者の風格です」

「風格？」

「いい役者が近くに来ると、体に電流が走ったみたいにビリビリくるものですから」

「あー……それってつまり、オーラみたいなもんか？」

「はい。今の兄さんは全然シビれなくて、ありえないくらいにオーラを感じません」

「悪かったな。てか、くっついただけでそこまでわかるはずが——」

「では抱きしめていいですか？」

　どこか蠱惑的(こわくてき)に微笑(ほほえ)んでから、来愛は離れた。

　再びメガネをかけ、「なんちゃって♪」とこちらを見つめてくる。

「……ったく。おまえ、こんなこと言うキャラじゃないだろ？」

「そうでしょうか？」

「メガネ嫌いでいつもコンタクトなのに、メガネしてるしさ」

「たしかに、今の行動は柊木来愛（ひいらぎくれあ）らしくありませんでしたね。ただ……」

「納得いかなそうな顔するなって。別にオーラがなくても構わないさ」

ここはそういうものを培（つちか）うための場所なんだから。

HP（カタログ）に生徒たちの情報が載っているのがその証拠。


言わば、この学園の生徒たちは商品だ。


芸能界で取引される役者という名の商品。

ときには莫大（ばくだい）な金の卵を産み落とすニワトリ。

そのタマゴが集う場所——芸能学校（アクターズスクール）。

それがこの私立華杜（はなもり）学園だ。

「では、見学ですね。兄さんと私は同じ2年D組。場所は本校舎の二階で……ああ、教室に行く前にカードを渡しておきます」

「サンキュー。さっきは守衛のオッサンに入れてもらったけど……」

「校内ではこのＩＤカードがないと苦労しますよ」

「身分証明書代わりか。警備厳重だな」

「この学園は役者の育成に重きを置いた教育機関で、有名人も大勢いますからね」

日曜日のせいか人がまばらな校舎内を来愛と歩く。

普通の高校なら吹奏楽部のアンサンブルでも聞こえてきそうだが、窓の外から響いたのは複数の生徒の怒鳴り声。

「ケンカか？」

「ドラマの撮影ですよ」

来愛の言う通り、窓からのぞくと中庭には撮影機材を持った大人（スタッフ）。

そして役者（キャスト）であろう生徒たちがにらみ合っていた。

「『放課後ランブルフィッシュ』の撮影ですね」

「……なあ、来愛。それはおまえが脚本演出を担当してるＷＥＢドラマだろ？」

「ある程度演出は指示してあります」

「細かい演技指示（ディレクション）は？」

「監督に任せてあります。撮影よりも、兄さんと会うことの方がよっぽど大事です」

「マジメなおまえらしくないぞ。そんなに兄貴に会いたかったのか？」

「兄さんは私の推しですからね」

「相変わらず、そう呼ぶんだな」

「ええ。こうして一緒に校舎を歩くのを本当に心待ちにしていました」

幸せそうに表情をほころばせ、来愛（くれあ）はぎゅっと俺の手をにぎってきた。

……まさか、まだ仕返しは続いてるのか？

「変化球でからかったのに剛速球で投げ返してきやがって」

「ふふっ、最近は忙しくて兄さんと会える時間がありませんでしたから」

「来愛みたいな脚本家はここじゃ珍しいんだっけ？」

「ええ。華学（はながく）に通う生徒の大半は役者。中には最前線で活躍するスターもいます」

「ランクが上のヤツらか」

「A以上の方々はドラマでもメインどころの役をもらっている印象ですね」

「なるほど、調べた通りだ」

スクールカーストもののアニメやドラマをイメージしてくれ。

ここではあれがノンフィクション。

全生徒がS～Eの6ランクに分けられ、競争意識をあおられる。

「華杜（はなもり）学園は今まで数多くのスターを輩出してきました」

「その要がこのランク制度なんだろ？」

「はい。ところで兄さんのランクはAですか？」

「？　なんでそう思う？」

「カードが違いましたから。Sランクのカードだけは色が黒いんです」

「へえ。ブラックカードってわけか」

「でも、どうしてAなんです？　兄さんならSでもおかしく――」

「残念ながら俺はCだよ」

ピタッと来愛の足取りが止まった。

そして、あきらかにあわてながら、

「な、なるほど」

「……なるほど？」

「ランクは低いが隠した実力は校内トップどころか人間やめちゃってるぜヒャッホーというう少し前に流行ったパターンですね？」

「その理屈だと俺は二度目のライフを満喫する転生者っぽいんだが」

「ではなぜCなんですか！」

「叫ぶなよ。後ろを歩いてる金髪の男子が驚いてる」

「………っ！　でも、兄さんは――」

「あいにく俺には役者の才能はないよ」

いや、これはホント。

隣にいる女優に比べれば俺は脇役がいいところだ。

(けど、変だな)

なんでこの子が俺をここまで買ってるんだろう？

「納得いきませんっ！」

「怖い顔するなって。学園には俺よりも主役にふさわしい役者は大勢いる」

「……私以外のSランクの四人ですか？」

「もちろん。それに俺たちのクラスにもいるぞ」

「えっ……」

「たとえば、Aランクの雪村」

最近映画やドラマで活躍し、いくつもの賞も獲得した実力派若手女優。

銀髪碧眼で、ドイツ人のダブル。

HPには《雪の女王》なんてこれまた大げさなキャッチが載ってたっけ。

まあ、宣伝と大衆へのキャラ付けの一環なんだろうけど……。

「ゆ、雪村つるぎですか!?」

なぜか、来愛（くれあ）はやけに衝撃を受けていた。

「その雪村つるぎだけど……どうした？」

「い、いえっ。兄さんが同年代の役者をほめるのは珍しいので驚いただけです」

「そうだっけ？」

「強いて言うなら、以前すごくほめていた役者が一人だけいました」

「ああ、思い出した。たしか――」

「ランドセルのＣＭに出ていた10歳の女の子ですね」

その言い方じゃまるで俺がロリコン野郎だ。

「小学生の笑顔が最高だと絶賛して……」

「誤解だ。あの子をほめたとき俺も同い年だった。あの子の名前は……」

「鏡心菜（かがみここな）さんでしょう？」

「そうそう。俺と同世代には多いと思うぜ？　あの子が初恋だってヤツはさ」


ここにゃん。


そんなあだ名で呼ばれてたが、芸能一家育ちのサラブレッドで3歳から子役をしてた。

長い黒髪と品のある顔つきをしたあどけないお嬢様。

とあるドラマのワンシーンで、子猫を抱いておしとやかに微笑むカットが可愛すぎるみたいな感じで一躍人気者に。

その後もドラマやバラエティに引っ張りだこだったが……。

「今ごろ何してるんだろうな。中学あたりからすっかりテレビで見かけなく――」

「この学園にいますよ」

「――は？」

来愛の言葉に、思わず足が止まった。

「鏡さんは私たちと同じクラスです」

「でも、ＨＰには……」

「鏡さんはつい先日他のクラスから移ってきたんですよ。だから……」

「まだＨＰに反映されてなかったのか？」

「さすが兄さん、理解が早いですね」

たしかに他のクラスの情報にまでは目を通してなかった。

けど……ホントに？

あの鏡心菜が俺のクラスメイト？

「……兄さん。なんだか喜んでいませんか？」

「バカを言うな。俺はロリコンじゃないからな」

「ならよかったです。ショックを受けなくて済みますよ」

「ショック？」

どういう意味だ？　と聞き返そうとした――その瞬間だった。

「あれ？　来愛じゃん。おはよ～」

前から歩いてきた女子生徒が声をかけてきた。

胸のあたりまで届く黒髪のセミロング。

左手首につけた可愛らしいシュシュと腰巻にしたカーディガン。

薄めのナチュラルメイクに、好奇心旺盛な猫のように大きな瞳が輝いている。

さらにはふくよかな丸みを帯びた双丘に、きゅっとしまったウエスト。

ハート型の赤い髪飾りをつけて、両耳にも小さなハートのピアスをつけていた。

読者モデルでもやってそうなギャル可愛い女の子で――。

「おはようございます、鏡さん」

――待て妹。

今なんて言った？

フリーズする俺の前で、黒髪ギャルは「あっ！　キミが来愛(くれあ)の!?」とスマイル全開。

そして可愛(かわい)らしく片手でピースサインをきめながら、

「やっほー！　アタシ、鏡心菜(かがみここな)！　よろしく〜！」

少女が鏡心菜だと名乗った後で——。

俺は廊下に膝をついていた。

物の見事に崩れ落ちていた。

「兄さん……」

背中に妹の冷ややかなプレッシャーが突き刺さる。

「案の定ショックを受けましたね」

「い、いや待て、来愛」

「やはりお嬢様な小学生がギャルになって落ちこんでいるのでは？」

違う、兄をロリコン扱いするな！

なんて思いつつも、多少のショックは受けていた。

『好きな科目は算数。好きな食べものはドーナツ。私の将来の夢は、お姉ちゃんみたいな女優さんになることです♪』

ランドセルのCMに出たここにゃんはそんな可愛らしいセリフを言って、お嬢様らしく控えめなピースサインをしていた。

それが、なぜ、ギャルに……。

「ごめんね？」

ぽんっと優しく頭の上に手を置かれる。

顔を上げると、鏡心菜が俺と目線を合わせるようにしゃがみこんでいた。

そのせいで、短めのスカートから伸びた健康的なフトモモについ目が行って……。

「もしかして子役時代のアタシのファンだった？」

「えっ……まあ」

「あはは、だったらやっぱりごめん」

「待て。何も謝ることは……」

「ううん、謝らせて？　昔のファンだった人が今のアタシと会うとガッカリしちゃうことが多いんだ」

「鏡……」

「『心菜』って呼び捨てでいいよ！　アタシのファンでいてくれて、ありがと〜！」

よしよしと頭をなでながら、はげましてくる心菜。

その笑顔を見て確信した。

この子はここにゃんだ。

外見は変わったが、その事実は間違いない。

失礼なのは相手の変化に勝手にショックを受けている俺なのに。

本来だったら自分の方がショックを受けてもおかしくないのに。

はげましてくれるなんて。

この子は、ここにゃんだ！

「兄さん……」

来愛（くれあ）のやや軽蔑したつぶやきが聞こえた。

まあ、兄が転校前日に廊下で崩れ落ちてギャルにはげまされてるんだからそんな反応をするのもわかるが……でもさ。

この状況なら、これくらいの大げさな振る舞いが最善手だろ？

転校前日に昔ファンだった女優とバッタリ。

そんなご都合主義展開を用意されてるんだからさ。

「けど、ビックリしちゃった！」

心菜は立ち上がった俺を興味深そうに見つめてきた。

「あの柊木遊月の息子がアタシのファンだったなんて！」

「そんなに驚くことか？」

「もちろん！　キミのママ、ハリウッド映画にも出てる大女優だよ!?」

「まあ、そうだけどさ」

もしかしたら母さんのファンなのかもしれん。

と言っても、周りには隠してるだけで俺にとっては義母さんで、来愛も義妹なんだが。

「う〜ん、柊木遊月の息子ってことは将来有望だよね？」

「あいにく俺は大根役者だぞ」

「え〜、でも来愛はSランクだよ？　双子のお兄ちゃんもすごいって考えるのがフツーじゃない？」

何かを確認するみたいに、チラッと一度来愛に目を向けた後で。

心菜は「えへへ」と俺に微笑みかける。

「──ねぇ。アタシたち、付き合ってみない？」

「……は？」

付き合うって……さすがにそれは展開的に強引すぎないか？

「あっ、付き合うって言ってもフリだけどね」

「フリ？」

「ラブコメなんかでよくある展開でしょ？　互いのメリットのための恋人ごっこ」

「あー……つまり……」

「キミは柊木遊月の息子。そんな有名人と付き合ってるってウワサが広まれば、アタシの株も上がるってワケ♪」

「でも、さっき言った通り俺は……」

「大根でも心配なし！　大根もちゃんと調理すればおいしい料理になるし、アタシから見たらキミはちょー才能があるように見えるな。なんならアタシが演技を教えてあげる！」

「あんたが？」

「一応、元スター子役だしね。それに……」

ごっこ遊びで終わらないかもしれないよ？　と。

キスでもするように、心菜は顔を近づけてきた。

「ラブコメならよくある展開じゃん。ごっこ遊びからホントの恋人同士になるのはさ」

鼻をくすぐる薔薇の香水の香り。

その香りに負けないくらい甘く、棘のあるイタズラっぽい表情で、

「だからいいでしょ？　えーすけ♡」


ゆっくり名前を呼ばれて、心臓のリズムが一気に加速する。

人から観られることを意識した完璧なスマイル。

上目づかいでこちらを見つめてくる心菜は文句なしに可愛かった。

それこそ俺がラブコメ主人公だったらついつい取り引きに応じてしまうくらいに。

だけど——。

「お、俺は……っ！」

あいにく俺は主人公じゃない。

というわけで、あえて狼狽した演技をしておく。

（ここまで強引な展開にしたってことは心菜たちもこういうリアクションを求めてる）

気分はサーカスのピエロ。

ジャグリング中にわざと失敗してあわてふためくことで、観客を笑わせる道化師。

いや、道化師っていうより詐欺師か。

そして詐欺師（うそつき）なのは俺だけじゃなくて、ここにいる心菜や来愛（くれあ）も同じだ。

「カ――――――ットォ！」

俺の推理を証明するみたいに、さっきから俺たちの後ろを歩いていた背の高い金髪イケメンが割りこんできた。

いかにも軽薄そうなスマイルに、右手にはスマホ。

「えっ、えっと、これは……」

演技を狼狽（ろうばい）から困惑に変化させる。

すると、心菜は「……ごめんね？　これが華学流（はながく）の歓迎なんだ」と申し訳なさそうに苦笑い。

その言葉に驚いたフリをしつつも、心の中でやれやれとため息をつく。

さすが芸能学校。

転校生にドッキリを仕掛けるくらいは、通常運転らしい。

「悪いな転校生。でもさ、許してくれよ。オレたちがあんなことしたのはおまえが注目されてるからでもあるんだぜ？」

学園内の小綺麗なカフェテリア。

休日のせいかやや人がまばらな食堂で、金髪で背の高い男子生徒……二見直太はそう言った。

二見のことは昨日HPで予習したから知っている。

アクション俳優志望で、俺たちのクラスメイト。

最近は動画配信サイトで自分のチャンネルを運営しているらしいが、どうやら俺はそのターゲットに選ばれてたっぽい。

「『ハリウッド女優の息子にラブコメドッキリ仕掛けてみた！』ってタイトルなら、まあまあ再生数稼げそうじゃね？」

「そうでもないと思うぞ」

「そうでなきゃ困る！　知名度アップとランク上昇の近道は動画配信だ！」

「流行の最先端ですからね。配信やSNSについての授業もあるくらいです」

「今はネット黄金時代！　バズれば一夜で有名人だもん！」

「やっぱりここの生徒はみんな上のランクを目指してるのか？」

「アタシみたいに興味ない子もいるけどね～」

「いやいや、鏡。ドッキリに協力してくれたのはありがてえけど、上昇志向は持っておいた方がいいぜ？」

「う～ん。たしかにランクが上がれば恩恵はあるけど……」

「たとえば？」

「女にモテる！」

すがすがしいほどの即答だった。

まあ、それも間違いじゃないだろうが。

「この学園ではランクが上であればあるほど、ドラマや映画のオーディションを優先して受けられます」

二見の返答にあきれたのか、メガネをかけたままの来愛が付け足す。

「上位ランクの生徒なら最終選考に飛び入りなんて荒業も使えますね」

「げっ、マジか。他には？」

「下位ランクの生徒は役者以外の仕事もしなくてはいけません」

「機材の運搬、舞台設営、その他雑用……言わば裏方の手伝いだぜ」

「ううっ、ガチ大変なんだよね……」

「あー。鏡はEだしこき使われてるのか。やーい、劣等生～」

「二見(ふたみ)さんはCランクなので私からしたら劣等生ですね」

「えっ!? い、いや、そうだけど……どしたの、柊木(ひいらぎ)ちゃん? いつもは天使みたいに優しいのにそんなこと言うなんて」

二見はかなり驚いていた。

「ま、恩恵については七咲(ななさき)先生から説明があると思うよ～」

「その人が俺たちの担任か、鏡(かがみ)?」

「ううん、副担任……ってなんで苗字(みょうじ)で呼んで……あっ! 大丈夫! さっきのはドッキリだったけど『心菜(ここな)』って呼んで欲しいのはウソじゃないから」

「? そうなのか?」

「もちろん! その代わりアタシも『英輔(えいすけ)』って呼ばせて?」

「えっ……」

「英輔って名前、キミに似合っててカッコイイしさ♪」

おお、さっきのフレンドリーさまではドッキリじゃなかったっぽい。

心菜はどこまでも親しげだった。

「話を戻しますね。担任と副担任は私たちのマネージャーでもあるんです」

「仕事を取ってきてくれたり、撮影場所(げんば)に来てくれたりするんだぜ?」

「だからこの学園は基本一クラスの生徒の数が少ないってワケ」

「ほとんどが十数人くらいじゃねーかな」

「でないと担任と副担任だけでは管理しきれませんから」

「売れっ子の生徒には事務所から別のマネージャーが派遣されたりするけどさ！」

なるほど。


『プレイングプロダクション』


それが華杜学園を運営してる国内最大手の芸能事務所。

入学した時点で、俺たちもその事務所に所属したことになる。

だからマネジメント業務をこなす教師もいるんだろう。

「英輔も上のランクを目指した方がいいぜ」

「でも、ランクを上げるのは簡単じゃないんだろ？」

「まぁな。芸能学校はイケメンや美女ばっか。おまえって役者としてのオーラ全然ねえし、苦労しそうだ」

「あはは……まあ、そうかも」

「ドッキリにも気づけなかったしさ。大女優の息子っていうから柊木ちゃんなみの逸材が来ると思ったのによー」

「二見！　転校生に失礼すぎ！　それに相手が来愛のお兄ちゃんだって忘れてない？」

「はあ？　大丈夫だろ。柊木ちゃんはこれくらいじゃ怒らな――」

「干しますよ？　業界から」

「!?　すみませんでした！　この通りお兄様に土下座します！」

「いや、そこまで謝らなくても。俺にオーラがないのは事実だし」

「けどこんなに怖い柊木ちゃんは初めて見るんだよ〜！　これじゃまるで別人だ！」

　土下座をかましながら震えている二見。

　――まあ、もちろん。

（撮影が行われてるのは、メガネ嫌いの来愛が小型カメラ内蔵のメガネをかけてきた時点でわかってたけどさ）

　俺の反応を間近で撮影するためだろう。

　その証拠に心菜も俺を誘惑する前に、一度来愛の視線……つまりはカメラの角度を確認してたしな。

（それに金髪は目立つ。校門から二見につけられてることには気づいてたよ）

　おまけに昔ファンだった子役に「付き合ってみない？」なんて言われるご都合展開は、安っぽいラブコメの中だけだ。

　ただ……。

「ちなみに二見さんに頼まれて今回のシナリオを書いたのは私です。そして――」

来愛は右手にした腕時計で時間を確認してから、

「まだドッキリは終わっていないのですが、気づいていましたか？」


「へ？」

どゆこと？　と二見と心菜が困惑。

――ああ、やっぱり。

気づいてないんじゃないかって推理したけど、当たってたか。

「終わってないって、もう欲しい絵は撮れたぜ？」

「打ち合わせで決めた筋書きも全部やったじゃん」

「けれど、まだ見破っていない謎があるんです。兄さんはわかりますか？」

「さ、さあ。見当もつかない」

困惑する演技（フェイク）を入れたが、彼女が言った謎とやらは解けている。

思えばヒントはあったのだ。
①ドッキリは終わったはずなのに来愛がメガネをかけていること。
②あのマジメな妹がドラマの撮影をすっぽかしたこと。

③二見の言う通り、今日の来愛はまるで別人みたいにおかしな言動が多いこと。
④来愛が右手にした腕時計。
思い出すのは、雑誌に載ってた制服グラビア。

右手で万年筆を持つ来愛。

本物の来愛は右利きだ。

つまり、ここにいる彼女は——。

「……そうですか」

残念そうなつぶやき。

俺の嘘を信じたのか、彼女は悲しそうに表情を曇らせた後で、

「じゃあ、これならわかるかしら」

すべてを一変させた。

メガネを外し、帽子を取り、ウィッグをはぎ取る。

現れたのは腰まで届くきらびやかな銀髪とスペードがあしらわれた黒いカチューシャ。

「……………！」

二見が息を飲む。

そんな彼をしり目に、彼女は両目につけていたカラーコンタクトを外した。

さらされたのは、宝石のように青く輝く碧眼。

「全員、役者失格ね。特に鏡心菜。あなたの瞳はガラス玉なの？」

声色、そして表情までが豹変する。

来愛とは似ても似つかない剣呑な雰囲気。だけどつい見とれてしまうほどに凛とした輪郭。精巧に作られた西洋人形みたいに日本人離れ……いや、人間離れした美貌。

その圧倒的すぎる美貌には見覚えがあった。

「はじめまして、柊木英輔くん」

まるであてつけのように、彼女はサファイアの瞳でにらみつけてくる。

雪村つるぎ。

俺のクラスメイトにして《雪の女王》と呼ばれるスター女優だった。

「今日はお疲れさまでした、兄さん」

時刻は16時23分。昼間の快晴はどこへやら。

30分ほど前から急に降り出した雨の下。

俺は本物の来愛と学園からほど近い大通りを歩いていた。

あの後、俺を案内してたのが変装した雪村つるぎだとわかってから、ネタバラシに現れたのは来愛だった。

「昼間はなんであんなことした？　筋書きを書いたのはおまえだろ？」

「ちょっとしたイタズラですよ。二見さんから兄さんにドッキリを仕掛けたいと聞いたとき、ひらめいたんです」

「俺が本物の妹か見分けられるかどうかって？」

「顔を忘れられてたらヤダなぁと思いまして。それに……」

「俺が衰えてないか確かめたかったんだろ？」

「さすが兄さん、察しがいい。私は脚本家ですが色々と番組やドラマの企画もしています。兄さんにもぜひ出演して欲しくて」

「じゃあ今日のはオーディションもかねてたわけか」

「まあ、推しの活躍を撮影したかっただけでもあるのですが」

来愛はうれしそうにはにかんだ。

「一番活躍したのは雪村つるぎだぞ」

「雪村さんに私役を依頼したのは私です。急な頼みだったせいかミスもしていましたが、なかなかお上手でした」

「《雪の女王》のあだ名は伊達(だて)じゃないってことか」

ネタバラシの後で、雪村は自分の仕事は終わったとばかりに不愛想な態度のままどこかへ消えた。

二見の方も「動画の編集しなきゃ！」とさっさと帰ったっけ。

「二見さんは大喜びでしょうね。雪村さんのおかげで再生数が爆発的に伸びます」

「あいつが出ただけで？」

「雪村さんはプライドが高い方で、そういう動画に出たことはなかったので」

「同じ女優でも心菜(ここな)とは性格がかなり違うな」

心菜は二人が帰った後も「今日会ったのも何かの縁でしょ♪」とついさっきまで一緒に校内案内をしてくれた。

ここにゃん、マジ優しい。

「ただ……ちょっと信じられませんね」

「？　何が？」

「兄さんは最初から変装を見破っていたんでしょう？」

「まあな」

「他のみなさんは見破れませんでした」

「ドッキリに集中してたからな。仕掛け人の中に仕掛け人がいるとは思わないさ」

「でも、私の方が雪村さんより背が低くて……」

「疑われたら『厚底の靴を履いてます』とでも言えばいい」

バストの方もサラシでも巻けば来愛のサイズに偽装できる。

それに……。

「雪村は上手く自分の特徴を潰してた」

「……？　特徴、ですか？」

首をかしげる来愛に答える。

「銀髪と碧眼。それが雪村つるぎのトレードマークだ。だからこそ――」

「あっ！　そうか、その特徴を潰せば印象がガラリと変わる……！」

「来愛にも特徴はある。ボブカットと白い帽子だ」

来愛はこの帽子がお気に入りで昔から被ってた。

日ごろからそばにいると、頭にソイツの特徴がインプットされる。

そこさえ模倣すれば成りすましやすい。

「け、けど！　私と雪村さんじゃ声も顔も違います！　メガネをかけただけで誤魔化せるわけが……！」

「そこを埋めるのが演技なんじゃねえの？」

「!?」

傘を持った来愛の足がストップ。

驚いた様子でパチクリまばたきしている姿が可愛(かわい)かったので、今は演技を続けよう。

「柊木ちゃんはテレビで見たことねえか？　一人で何人もの芸能人を次々と真似(まね)するモノマネタレント」

「え、ええ。昔母さんが言っていましたね。たしか……」

「『あの人たちは必ずしも演じる芸能人と顔が似てるわけじゃない。人間が持っているちょっとしたクセを真似するのがうまいのよ』だな！」

「そ、その通りです」

「人は誰しも自分じゃわからないレベルの細かいクセをいくつも持ってんのさ。それは仕草、表情、果てはしゃべり方にまで現れる」

「……なるほど。そのクセを的確にとらえて表現(アウトプット)できれば、別人を演じられる。たった今、兄さんが二見(ふたみ)さんを演じてるみたいに」

「さっすが柊木(ひいらぎ)ちゃん！　理解早(はえ)えぜ！」

二見の口調をトレースしつつ、グッと親指を立てた。

もちろん俺と二見じゃ顔も声も体格も違う。

けど、もし今の俺たちを誰かが見たらビックリするくらいそっくりに見えるはずだ。

そう見えるように、表情を作っている。

もっとも、これを俺に初めて見せたのは情華なのだが。

「す、すごいっ！」

歓喜の声を上げる来愛。

「やっぱり兄さんは天才です！　あの短時間で二見さんのクセをつかむなんて！　声まで二見さんにそっくりで……！」

「——単なる声帯模写だよ」

訓練すればある程度は誰でもできる。雪村も似たことをやってたしな。

「だとしても今のは賞賛ものでした！　脚本家としてたくさん役者を見てきましたがやはり私の推しは兄さんだけです！」

「サインでもしようか？」

「ぜひ！　あっ、大変、色紙がない……そうだ！　代わりにこの紙に！」

「これって……」

「ドラマの出演契約書です！　サインすれば私が脚本したドラマの主演俳優ですよ！」

「それじゃ推しって言うよりゴリ押しだ」

来愛の場合本気っぽいのが怖いよな……。

「それに俺は主演になるつもりはないよ」

「えっ⁉　……なぜ？　兄さんにふさわしいのは脇役より主役で――」

「それ、本気で言ってるのか？」

「うっ……」

来愛は「……相変わらず、嘘（うそ）を見破るのが上手（うま）すぎます」とすねていた。

まあ、今のは俺を推し扱いするファンとしての意見。

プロの脚本家としての意見は違うはず。

妹は、俺が一番得意なことが何か知っている。

だから主演なんかにしないさ。

「いきなりドラマは無理だ。今日だって緊張してたんだぜ？」

「えっ、とてもそうは見えませんでしたが」

「それこそ演技だよ。言っちまえば人間関係なんて全部芝居さ」

「『芝居は嘘』が信条の兄さんらしいですね。芸能界を渡る上では正しい処世術です」

「相手は芸能学校の陽キャ軍団だしな」

しかもこっちは学校に通うのは久しぶり。

色々と事情があったせいで、小学校も中学校も前の高校もほとんど登校してない。

当然、友だちなんてゼロに近かった。

妹以外の同年代のヤツと学校で話すのも久しぶりで……ああ、そうだ。

「緊張のせいで大事な話を忘れてたよ。——例の件、調べてくれたか？」

「あっ、はい。この学園には『情華(じょうか)』という名前の生徒はいませんでした。過去にそういう芸名を使っていた生徒もいません」

「そうか……」

「ただ、情華という名前は生徒全員が知っています」

「……」

「『情華と名乗る女の子と出会うと、どんな役でも演じられるようになる』。数年前からそんな都市伝説めいたゴシップが芸能界に広まっていますから」

「どんな役でも演じられる……か」

子供のころに本人から聞いたことがある、懐かしいセリフだった。

情華と再会する。

それが俺がこの学園に来た理由。

（来愛（くれあ）は否定したけど、情華はこの学園にいる可能性がある）
名前を、素性を、正体を隠して。
それこそ別人を演じながら、この学園の誰かに成りすましている。
もしそうだとしたら、必ず見つけてみせる。

『また舞台で再会しよう、英輔（えいすけ）』

遠い昔、俺たちの関係が文字通り終わった日。
別れ際に情華はそんなセリフを言った。
情華は俺にとっての初恋。
だが、決して初恋の相手に告白するために学園に来たわけじゃない。
あの日、幼い俺は情華に裏切られ——色々なものを失った。
そう、俺が情華を見つけ出したい理由は——。
「さあ、到着しましたよ」
考え事をしていると、「ここが兄さんたちが住む場所です」と来愛はボブカットを揺らして微笑(ほほえ)んだ。

本日の最終目的地は華杜(はなもり)学園の学生寮。

今日から柊木英輔(ひいらぎえいすけ)の我が家となる場所だった。

「……我が家っていうのは、あくまで比喩だったんだけどな」
案内役の来愛(くれあ)と別れた後で。
降りしきる雨の音を聞きながら、俺は目の前の建物を眺める。

真新しく大きな一軒家。


ホームコメディドラマにでも出てきそうな綺麗(きれい)な建物だった。

おじいちゃんおばあちゃん父母子供の五人家族なら余裕で暮らせるサイズの豪邸。

どう考えても寮じゃなくて『家』だ。

「なんで寮に案内するのに学園の外に行くんだとは思ったけど、こんなサプライズを用意してたとは」

例のIDカードを玄関のドアにかざすと、ピッと音を立ててロックが解除。

学園がこういう建物を所有してることは知っていた。

外部からの出入りが多く、映画からバラエティまで幅広い撮影を行うせいか、生徒数はそこまで多くないのに学園の敷地はやたら広い。

そして、

「色々なセットがあるんだったか」

ここは敷地内じゃないが、この家も学園が所有するセットの一つ。

最近とあるドラマの撮影に使われたとか。

もちろん、普通の生徒ならセットには住めないが、

（来愛はSランクだしな）

華杜学園にたった五人しかいない特権階級。

その権力を使えば身内に住居を提供するくらい簡単か。

「とりあえずシャワーかな」

そんなことを思いながらガチャリとドアを開ける。

傘は差してきたが、雨が強かったせいで肩が濡れてしまった。

バスタブにお湯をたっぷりためて入浴といこう。

――今日は長い一日だった。

用意周到な来愛(くれあ)のことだ、冷蔵庫に夕食くらいは用意してくれてるはず。

食後はデザートでもつまみながら、オンラインポーカーでリフレッシュ。

そして就寝。

新生活初日くらい、平和に終わらせて――。


「あっ！　逃げないで、つーちゃん！」


が。

ささやかな俺のプランは粉々にぶち壊された。

「追いかけてこないで」

「ダメ！　ちゃんと髪を乾かさないと風邪引いちゃう！」

「あなたには関係ないわ。というか私をあだ名で呼ぶの、やめて」

「え〜、いいじゃん。一緒にお風呂に入った仲なんだしさ！」

「あなたが強引に入れと言ったのよ」

「あはは、ごめんごめん。ただ、雨でずぶ濡(ぬ)れになっちゃったし、約束の時間まではまだあるから大丈夫のはずで……って、あれ？」

「コ、コンニチワ……」

なんて、ぎこちないあいさつをしてみた。

玄関に立つ俺の目の前にいるのは、鏡心菜と雪村つるぎ。

会話の内容からもおわかりのように二人とも入浴していたんだろう。

役者にとって健康管理は生命線。

風邪を引いてCM撮影にでも穴を空けたらマネージャーの胃にストレスで穴が空きかねないし、体を温めるのもわかるが……。

「え、英輔……？」

驚愕する心菜。さすがに雪村も言葉を失っていた。


問題は、二人とも何を服を着てないこと。


心菜はバスタオルを几帳面に体に巻き付けてた。

それでも健康的な肌色とグラビアモデルなみに（というかこの子の場合実際にグラビアをやっててもおかしくない）凹凸がはっきりしたボディラインがあらわに。

雪村の方もバスタオルは身につけている。

だが体の前に当ててるだけなので、さっきはサラシで隠してた形のいい胸がさらされて……。

「………」

気マズい沈黙が場を支配する。

さすがにこの状況まで来愛のドッキリってことはないだろう。

ただ、来愛は別れ際にこう言った。

『ここが兄さんたちが住む場所です』

「兄さんが」ではなく「兄さんたちが」である。

一人暮らしには広すぎる家だし、俺たちの実家と同じように使用人でもいるのかと思ったが、違ったらしい。

「あっ――」

そこでようやく、俺はこの家がセットとして使われたドラマの内容を思い出していた。

ジャンルはラブコメ。

高校生の男女が一軒家に暮らすことになる、いかにもクラシカルな学園ものだった。

私立華杜学園　在校生・柊木来愛さんへのインタビュー

Interview

Q

「華杜学園の魅力とは？」

国内最大規模の芸能学校であることですね。
私は役者ではなく脚本家ですが、華学に通えばスター街道への近道になると確信しています。
この学園には、すでにスターとなった役者も複数いますから。

Q

「ランク制度とは？」

ざっくりまとめると、各ランクごとに勝ち取れる役どころは、

E：コネを使わない限り、何の役ももらえません。
D：エキストラ程度。
C：名前がついたモブ。
B：助演としてドラマや映画に出演。
A：主役級。
S：芸能カースト上位のスターたちですので、
　やろうと思えばどんな役でも勝ち取れるでしょう。

Q

「授業内容は？」

現国、数学、体育と言った普通の高校っぽい科目から、演劇についての講義や実技、ダンス、歌唱などの授業もあります。
面白いのはSNSやWEB配信についての授業もあること。今は自己プロモーションが大事ですし、毎日どこかでタレントが火あぶりの刑に処されますからね。

Q

「Sランク脚本家からぜひメッセージを！」

最初はこのインタビューを受けるつもりはなかったのですが、考えが変わりました。
私の！　推しが！　華学に通うことになったからです！！
少しでもその人の参考になればと、このインタビューに答えることにしました。
みなさんも誰かの推しになれるようなトップスターを目指しましょう！

第2幕　Ladyプレイヤー1

「ねぇねぇ！　柊木（ひいらぎ）くんってホントにあの柊木遊月（ゆづき）の息子なの!?」

翌日、月曜日。

俺にとっては授業初日ということで、教室で担任教師主導のもと自己紹介を済ませた後。

昼休みになるとクラスメイトから質問が飛んできた。

「ああ。あいにく芝居に関しては素人だけど」

緊張を隠しつつ返答。

せめて友だちゼロの不登校児だとはバレないようにしたい。

「えっ!?　ほんまに？　子役経験もないん？」

「母さんから演技を習ったりしたけど、舞台に立ったことはないよ」

「たしかに柊木遊月に息子がいるなんて話、聞いたことありませんね」

「でもさ！　来愛（くれあ）の双子の兄貴だよ!?」

「ハリウッド女優の血を引いたサラブレッドかぁ。とんでもない天才かも……」

「う〜ん、どうやろ？　顔はまあまあやけど……」

「芸能学校じゃ平均レベル。これっぽっちもオーラ感じねーぞコイツ」

「だってさ英輔！　どうよ？　いっちょエチュードでもやってみねえ？　『柊木遊月の息子が即興劇してみた！』って動画撮るからさ！」

「ナオ！　今朝アップした動画の再生数すごいからって調子乗りすぎ！」

「……騒がしくてごめんね、転校生くん」

「わはは。ウチら役者やから声がでかくて、クセが強くて、好奇心旺盛やねん」

「あはは、そうみたいだな……」

さすが芸能学校、容姿レベル高い陽キャの巣窟。

転校生に臆せずガンガン突撃してくる。

役者にとってはコミュ力も必要不可欠な能力の一つだしな。

ただ……。

「……」

心菜、雪村、来愛の三人は会話には加わらず、自分の席からこちらを眺めていた。

まるでタイミングを計るみたいに。

まあ、昨日あんなことがあったんだから当然だが……。

「なぜ、ここに彼がいるのかしら？」

時間はさかのぼって、昨日。

非常にベタなラブコメイベントが起きた後で急遽会議が行われることになった。

家のリビングにいるのは俺。

軽く乾かした制服を着た心菜と雪村。

そして一度は帰ったはずの来愛。たぶん妹的には、『兄が家に着いたらクラスメイト二人とバッタリ』という軽いイタズラだったんだろう。

ドッキリ後にサプライズを用意してるのは、脚本家らしい仕掛けだが……。

「落ちついてください。兄さんを呼んだのは私ですが、別に問題はないでしょう？」

「まあ……それはそうだけど」

「でもさ、アタシ裸を見られたとは言えなかったのか、雪村はうなずいた。

「でもさ、アタシとつーちゃんをここに呼び出したのって来愛だよね？」

「用件は何なのかしら」

「実は、みなさんに仕事を依頼したくて。──私が企画したリアリティショーにぜひ出演して欲しいんです」

来愛は鞄から出したA4サイズの紙束を手渡してきた。

企画書らしく、一番上の紙には、

『キミの恋人オーディション』

そんな番組タイトルが記されていた。

（やけに用意周到ってことは、ここで始める気か）

来愛の仕事は——役者たちを口説き落とすこと。

脚本家ではなく番組企画者としてのミッション。

言わば、心菜と雪村をどう説得するかの心理戦だ。

「略称は『キミ恋』ですね。私が企画したのは、シェアハウスもの。あなたたちにはこの家で暮らしてもらいたいんです」

「!?　来愛！　本気で言ってるのか！」

妹の宣告に驚いた……芝居をしておく。心菜と雪村にこっちの思惑がバレないように。

なるほど、シェアハウスものか。

こう見えて実はラブコメ好きな来愛が考えそうなプランである。

「私も同意見よ。つまり、この三人でやるのは……」

「恋愛バラエティ。言わば、兄さんの恋人の座をかけた恋愛戦ですね」

「マジで!?　でも、そう言うのってもっと参加人数多くない？」

「メインキャストは厳選はします。肩書が立派なだけの素人を大勢集めたよくある茶番劇にはしたくありません」

「………！　言うじゃん来愛！」

「私は本気ですよ。番組を配信するネットプラットフォームとも話はつけてあります」

「なかなかの気概ね。けど、先生たちの許可は取ったの？」

「もちろん。快く納得してくれました」

おお、やるな妹。

賭けてもいい。絶対に快く納得なんてしていない。

雪村つるぎは絶賛売り出し中のスター女優。

ＣＭにもバンバン出ているし、主演した映画の公開予定もある。

雪村レベルの女優が関わる案件なら、億レベルの金が動いてるはず。

つまりはスポンサーがわんさか。

この業界において大事なのはそう言った連中への根回し。

その重労働をこなすのは事務所の人間——学園の教師たちである。

「恋愛バラエティに出たらファンも大騒ぎするぞ」

「ゆえにやる価値があります。リスクが高い分、宣伝効果も絶大ですから」

「……なるほど。だからSランクの権力を使って許可を取ったのね」

「はい。兄さんは十分奪い合うトロフィーになりえますし」

「たしかに、彼はあの柊木遊月の息子だけど……」

「う～ん、恋人になったら色々手に入りそう……話題性とかお金とか……それに英輔ってカッコいいもん！」

「美形揃いのこの学園で目立つほどじゃないわ。電流も感じないし」

「？　電流？」

「鏡さんには関係ないことよ。ともかく、私はこんな番組絶対出ないわ」

「あー、つーちゃんは人気者でお金持ちだし、恋愛バラエティに出るメリットは――」

「ありますよ。番組を通して、みなさんは役者として成長できる」

来愛は真摯に言葉をつむぐ。

「私の目標は、将来オスカーを取る役者を育てることです」

「「⁉」」

心菜と雪村が驚愕した。

「オスカーって、あのオスカー像⁉　アカデミー賞で贈呈される⁉」

「ええ。私はみなさんをアカデミー俳優にしたいんです」

「さすがにそれは……」

「いいえ、兄さん。夢物語ではありません。アカデミー賞は取っていませんが、私たちの身近にもハリウッド女優がいるでしょう？」

「あっ！　そっか！　柊木遊月って華学のＯＧで……！」

「待ちなさい。話が急すぎるわ。あなたはなぜ私たちにオスカーを取らせたいの？」

「それは……私が柊木遊月の娘だからですね」

妹は役者ではなく脚本家。

演技じゃなく本音を交えて、相手に感情移入させる。

「娘として、母を超える役者を育てるのが私の夢です」

「わざわざ育てなくても、あなたがなればいいじゃない」

「残念なことに私には芝居の才能がありませんでしたので」

「もしかして……だから来愛は脚本家になったの？」

「そんなところです。私は、あなたたちをトップスターにしたい」

来愛は心菜、雪村、そして推しと呼ぶ俺を見つめる。

「想像してください、鏡さん。あなたと雪村さんが兄さんを奪い合う。つまりは『元天才、子役と現在進行形スター女優の戦い』です」

「……！」

「面白そうでしょう？　視聴者もそう思うはず。この企画は莫大な金と話題を生みます」

「あいにく、私が欲しいのはお金じゃないの」

「雪村さんの願いは役者として成長することですよね？」

「……」

「以前インタビューで『ハリウッド映画の主演が私の夢よ』と言っていましたし、ランクもSに上げたいのでは？」

「……。たとえ成長できるとしても、私には彼を好きになる理由がなくて——」

「心配ありません。ないなら創作すればいいんですよ」

仕事で鍛えられた落ちついた口調。

来愛は見事な営業スマイルで告げる。

「物語を書くのは、脚本家の十八番ですから」

「えっ⁉　待って！　物語って……！」

「『二人とも以前から兄さんのことが好きだった』という設定でいきましょう。視聴者や学園のみなさんからもそう見えるように、演じてもらいます」

「つまり……ヤラセってことかしら？」

「リアリティショーにはよくあることですよ？　生の食材を提供しても視聴者は喜びません。演出という名の調理を加えてこそ、至高の料理になるんです」

　やけに説得力があるセリフだった。

　来愛は自分が脚本を手掛けた作品の演出を手がけることもある。

　言うなれば、演出家（りょうりにん）でもあるのだ。

「みなさんは役者。つまりは業界人。まさか、テレビやＷＥＢメディアが本当のことだけを流していると思っていませんよね？」

「当然よ」

「ならばヤラセなんて安っぽい言葉は使わずに、私たちで何千万もの国民を魅了するストーリーを紡ぎませんか？　スイーツのように甘く、スパイスのように刺激的で、麻薬のように病みつきになる……とっておきの物語を」

「……」

「そんな物語のヒロインを演じれば確実に成長できますよ。将来オスカーを獲得するような、千両役者に」

　自信に溢（あふ）れた笑顔とともに来愛はプレゼンをやりきった。

あらかじめ役者の情報を調べ、説得材料として活用。

さらには脚本家として魅力的な殺し文句を創作。

さすがSランク、執筆力だけじゃなく交渉力にまで長けて……。


「お断りよ」


「！」

雪村の言葉に、来愛が静かに息を飲んだ。

「見事なプレゼンだったわ、逸材さん。けれど私はあなたを信用していないの」

「えっ……」

「あんな……恥ずかしいイタズラで辱められたんだもの。当然でしょう？」

「!?　辱め、られた……？」

あきらかに困惑する来愛だが、無理もないか。

妹は自分のイタズラが原因で雪村たちが俺に裸を見られたことを知らない。

そして、最悪なことに。

雪村は裸を見られたことも含めて来愛のイタズラだと勘違いしてる。

「待ってつーちゃん！　冷静に考えよ!?」

「どういう意味かしら」

「さっきの件で怒ってるんだろうけど、あれは来愛のイタズラじゃないはず！　出演者候補にあんなことするなんて、どう考えても非合理的で――」

「……非合理的？　ずいぶん難しい言葉を使うのね」

「あっ！　えっと、たまたま思いついただけで……」

「なら黙っていて。そもそも共演者がCとEランクじゃ私と釣り合わないし、私はリアリティショーなんて大嫌い。映画に比べれば低俗な茶番劇よ」

一方的に拒絶され、来愛の顔から血の気が引く。

このままじゃ妹は負ける。

（――ただ、それは）

俺が、何もしなかった場合だ。

逆転のポイントは、雪村つるぎがハリウッド女優に憧れてるってことか。

「茶番劇になるかは出演者次第な気もするぞ」

「？　どういう意味？　リアリティショーなんて所詮ヤラセドラマで――」

「だからこそ、役者の腕の見せ所なんじゃないか？」

昔母さんが言ってたんだ、と俺は付け足してから、

「『スポーツは筋書きのないドラマだからこそ面白い、なんてセリフをよく聞くけどそれは間違い。筋書きのあるドラマの方が圧倒的に人間を虜にする』」

「………！　あの柊木遊月がそんなことを……？」

驚く雪村に、俺はできるだけ自然な口調で続ける。

「ああ。『本物の役者がいれば可能よ』って付け足してたっけ」

「………」

「たぶん母さんなら、この企画を受けてると思う」

「………っ。あなたはどうするの？」

「俺は……迷うけど、受けてみようかな」

「可愛い女の子とシェアハウスできるから？」

「ああ、それはもちろん……って、からかうな心菜！　出たい一番の理由は俺がCランクだからだっ」

「なるほど。スター女優と元天才子役。二人と共演できれば芝居の勉強になります」

「ああ。成長できれば、雪村に釣り合う役者になれるかもしれないし」

「……へえ。Cランクが大口を叩くのね」

「まぁな。母さんが言ってたんだ。『役者の商品価値は撮影現場でこそ上がる』って」

「………！　その言葉はインタビューで聞いたことがあるわ……」

細いあごに手を当て、何やら考えこむ雪村。

今の話をハリウッド女優の金言と受け取ってくれたらしい。

心菜も「へえ～、さすが来愛（くれあ）ママ！　いいこと言う！」と感心。

来愛は「そうですね」とうなずきつつ、一瞬だけ俺に目配せ。

（ああ、わかってるよ）

どうせ「嘘つき」って言いたいんだろ？


そう、今の話は俺が創作したハッタリ。


「役者の商品価値は撮影現場でこそ上がる」ってセリフ以外はすべて虚言（ブラフ）だ。

凡人（Ｃランク）を演じてるおかげで油断したのか、上手（うま）く引っかかってくれたな。

今の構図は企画を持ってきた来愛に説得される俺たち三人だが、実際は違う。


そもそも来愛に何か企画を作ってくれないかと頼んだのは、俺だ。

俺の目的は雪村つるぎと共演すること。

雪村は紛れもないスター女優。

だとしたら、すでにこの学園で情華と出会っている可能性がある。


『役作りのためならなんだってする』


それが情華の口癖だった。

あいつは演技が上手い役者を間近で観察し、演技を盗むことを好んでいた。

だから正体を隠して雪村と接触しているかも。

それかもうとっくに演技を盗んで、成り代わっている可能性すらある。

(ここにいる雪村つるぎは、本物の雪村つるぎじゃないかもしれない)

だからこそ学園に来る前から「雪村と共演するための企画を何か考えてくれないか?」と来愛に頼んでおいたのだ。

雪村はSランクじゃないが、かなりの実力派。

(その証拠に変装も俺以外にはバレなかったし、来愛の仕草を完璧に盗んで再現してた)

クラスメイトで距離も近いし、最初の標的にふさわしい。

まあ、心菜まで一緒にキャスティングされてるとは思ってなかったが……。

「──いいでしょう。あなたの企画、出てあげるわ」

「えっ⁉　本当ですか雪村さん！」

「ハリウッド女優の言葉には一理あると思ったし、私よりランクが低い彼が勇気を振り絞るなら、負けていられないもの。それに……」

「それに？」

「……いいえ、なんでもないわ。それより鏡さんはどうするの？」

「アタシは……う〜ん、どっちでもいいかな〜」

「自主性がないのね。それでも女優？」

「あはは。アタシ、パパやママが望んだから華学に来ただけだもん」

「天才子役も落ちぶれたものね。あんな姉がいたんじゃ仕方ないけど」

「でしょでしょ⁉　自慢のお姉ちゃんなんだ〜！」

「……ふん。私の共演者がこんなギャルなんて、とんだミスキャストね」

「いいえ。雪村さんのライバル役は鏡さん以外に存在しません」

「へ？　アタシなんかが……？」

黒髪を揺らして首をかしげる心菜に、来愛はうなずく。

「では、教えますね。鏡さんに演じていただきたい役。それは——」

「せっかくだから、即興劇（エチュード）を見せてくれないか？」

転校生がやってきた日の昼休み。

兄さんがそんなことを口にしました。

「えっ、オレらが？」

「ああ。みんなの芝居を見たいんだ。俺って転校生だし、芝居に関しては素人だしさ」

聞き返してきた二見（ふたみ）さんに、兄さんが返答。

（100点満点の誘導です！）

今の発言で教室の注目が兄さんに集まった……いえ、集められました。

①他人の行動を先読みすること。

②他人がついた嘘（うそ）を見抜くこと。

③他人を演技（フェイク）や虚言（ブラフ）で欺（あざむ）くこと。

この三つにおいて、兄さんの右に出る者はいません。

昨日のプレゼンでも助けてくれました。あえて母さんが言った真実を一言だけ混ぜて、ハッタリの信憑性（しんぴょうせい）を上げるなんて……最高に頼りになりますね。

「よっしゃ、やってやろうじゃん！　最初にエチュードっつったのはオレだしな！」

「何かお題を出そうか？」

「おお！　その方がやりやすいぜ！」

「なら……あっ、そうだ。俺は今朝みんなに自己紹介をしたろ？　今度は二見が俺を紹介してくれないか？」

「？　オレが？」

「だって俺たち、ずっと前から知り合いだろ？」

「むっ……」

お題の振りが上手いじゃねえか、と考えこむ二見さん。

周囲の生徒たちも一気に表情を変えました。いかにも役者らしい反応。自分なら兄さんの振りにどう応じるか思考しているんでしょう。

「よし、できたぜ。役になるきる準備がよ」

コホンと小さく咳ばらいをしてから、

【英輔はオレの親友だ！】

二見さんはよく通る声で叫びました。

【実はオレたち、中学の野球部でバッテリーを組んでたんだぜ？　オレがキャッチャーで、英輔がエースピッチャー。ほら、名前もエースケだし……おい！　笑えよおまえら！　今

のは笑うとこだぞ!?】

あわてながら怒る演技に何人かの生徒からクスクスと笑みがこぼれます。

ふむ、つかみはまあまあ。

【オレと英輔(えいすけ)はいいコンビでさ。けど、地区大会の決勝でオレがエラーして負けて……それが原因でケンカしちまったんだ。その後、二人とも野球からは足を洗うって決めた】

その言葉にドッと沸く教室。

「足を洗うってなんだ！」「野球は犯罪じゃない！」と笑い混じりのツッコミが。

【ま、まあ落ちつけって！　ケンカの後は疎遠になっちまってさ。でも、月日は流れて……オレたちは学園で再会した！

コイツは素人の転校生だけど、仲良くしてやってくれよな？

ここの生徒は全員が最初から演劇をやってたわけじゃねえ……そう！　オレらみたいに野球から演劇への転向組もいるんだからさ！】

二見(ふたみ)さんは兄さんとぐっと肩を組んでスマイル。

これにて終演といったところでしょう。

教室からも拍手と「二見にしてはよくやった！」とエールが飛びます。

(ただ……すみません、私的にはダメダメでした)

ウケていましたし、転校と転向をかけてオチをつけたのは及第点。

しかし「足を洗う」のくだりは素で間違えたでしょう？

おまけに兄さんと仲直りした理由も語られていないのですが？

「おっと」

いけないいけない、つい脚本家としての辛口意見が。

今は状況に集中しましょう。

役者の性でしょうね。教室中から「次はウチ！」「僕は兄役になりきるよ」「ナオなんかよりうまくできる！」と次々と名乗りが上がり……短いエチュードが何本か続きました。

「みんな、すごいな！」

感激した様子で歓声を上げる兄さん。

「へへっ！　エチュードは授業でもよくやるから楽勝だぜ」

「なるほど。俺にもできるようになるかな……」

「ははっ、おまえは柊木遊月の息子にしちゃオーラないけど心配すんなって……ん？　なんで時計を見て……ああ。もうすぐ午後の授業か」

兄さんの視線に誘導され、二見さんが教室の時計を見ます。

あと5分ほどで授業開始の予鈴。

「あと一人くらいできるか？　なんだったらオレがもう一回……」と二見さんが口走った
——瞬間でした。

「アタシも演る！」

真夏のヒマワリみたいにキラキラした声。

鏡心菜。

かつて天才子役と呼ばれた少女が、笑顔で手を挙げていました。

「ふえ!? こ、心菜さんがエチュードを……？」

「ちょ、どしたの心菜！ お弁当に毒でも入ってた!?」

クラスメイトたちが驚愕します。

兄さんだけが「どういうことだ？」と困惑していると……。

「不思議そうな顔をしているわね、柊木くん」

疑問に答えたのは、ずっと黙っていた雪村さん。

クラス全員の視線が強制的に引っ張られ、《雪の女王》に集中します。

「鏡さんがエチュードをやるのは驚きなのよ」

「えっ、ホントなのか、来愛（くれあ）？」

「えっ……」

なぜここで私に話を振るんです？

そう言いたいのを堪（こら）えて「え、ええ」とうなずく。

「言いにくいんですが、鏡さんは……」

「わっ、来愛。そんな気マズそうな顔しないで大丈夫。アタシが話すよ。アタシって、あんまり芝居とかやる気なくてさ」

「いいえ！　あんまりどころじゃありません！」

「筆記テストは全教科赤点ギリギリで、実技の授業も毎回サボって……」

「『なんで華学（はながく）に来たの？』って言いたいよ！」

「演技も全然しないやん！　中学時代にスランプになったってウワサもあるし……」

「バカ鏡！　エチュードをナメんな！　ブランクあんだから失敗するだけだ！」

鏡さんの友人たちが大騒ぎするのも無理はありません。

鏡さんは誰に対しても人懐っこい猫のように優しく、明るく、温かい。

けど、芝居に関しての向き合い方は真逆。

だからこそ劣等生（Eランク）なんです。

「どれだけサボっても退学にならないわよね。まあ、それも当然かしら」

「？　とーぜんって？」

「あなたは芸能一家の出身。そしてお姉さんはSランクだもの」

「わっ、つーちゃんキツいな〜。お姉ちゃんのおかげで退学にならないって思ってる？」

「……どうなんだ、来愛（くれあ）？」

だからなぜ私に振るんですか兄さん!?

今日ここで私がしゃべる予定はなかったのに……！

「……そんなウワサがあるのも事実です」

兄さんのことだから主役を光らせるための策略に決まってる。けど……ダメですね。推しの生芝居を観（み）られた高揚感で推理が進まない……！

（……いえ、動揺してる場合じゃありません）

鏡（かがみ）さんが芝居をすることこそ、私の書いたシナリオ。

そのために兄さんにも色々演（や）ってもらいました。

私にしゃべりかけた以外は完璧以上の芝居！　ああ！　さすが私の推し！　ここではしゃぐわけにはいかないので心の中で推し活しよう！　もちろん両手に団扇（うちわ）で！

「じゃ、始めるね？」

鏡さんの言葉に教室に緊張が走り、私も唾を飲みこみます。

（実力が未知数なので、さすがに不安ですね……）

英輔
大好き

彼女の役目は脚本家から与えられた役どころをみなさんに示すこと。

リアリティショーを始める前の土台作り。

そして、彼女の配役は――。


【実はアタシ、英輔(えいすけ)と付き合ってたんだ】

鏡(かがみ)さんの完璧なスマイルとともに、舞台の幕が開きました。

【出会ったきっかけは業界人が集まるパーティー。場所は海の近くにある立派なホテル】

――いい声をしている。

自然で、聞きやすく、優しい声色。

間違いなく、今日エチュードをやった、誰よりも。

【パパとママに連れてこられたんだけど、そのときアタシはもうギャルになってたから、たくさんの業界人(オトナ)と話すのがダルくて。

だからパーティーを抜け出して、建物の外にある花壇のふちに座って真冬の夜空を眺めてたの。そのころは……色々悩みもあったしさ。でも、そこで――】

英輔と出会ったんだ、と。

鏡さんは懐かしむように口ずさんだ。

【英輔は柊木（ひいらぎ）遊月（ゆづき）に連れてこられたってワケ。

けど、役者じゃないからパーティーに居づらくて逃げてきたんだって。

それで偶然居合わせたアタシを見つけて、『具合でも悪いのか？』ってアタシの肩に自分が着てたコートをかけてくれた……。

今考えると、すごいよね！

あとで知ったんだけど、英輔は子役時代のアタシのファンだったの。

なのにギャルになったアタシに驚きもせず、アタシのことを気づかってくれたんだ！】

鏡さんは幸せそうにはにかみました。

（——可愛（かわい）い）

無論脚本家として手は打ってありますが、昨日のドッキリで兄さんと鏡さんが交わした会話と矛盾点が発生しています。

けど、みなさんその事実に気づかずに鏡さんの演技に集中している。

彼女はまるで王子様に恋したお姫様。

わざわざ説明されなくても、この笑顔を見れば伝わってきます。

真冬の夜空の下で、鏡さんは兄さんのことが好きになったのだ。

「……！」

そこまで考えて、ゾッとした。

これは、演技だ。

なぜなら今のエピソードを執筆したのは私なのだから。

実を言うと、鏡さんがやっているのはエチュードじゃない。

昨日私が渡した脚本をなぞった演劇。

にもかかわらず、私はその事実を忘れるほどに鏡さんに魅入っていた。

「——ああ」

不安もあったけど、鏡さんをキャスティングしてよかったです。

兄さんから雪村さんと共演したいと頼まれ、相手役の女優について考えたときに最初に浮かんだのが鏡さんでした。

（彼女と雪村さんには、初共演したときの因縁もありますからね）

それに鏡さんをキャスティングしたのは、あの兄さんがほめていたから。

『見ろよ来愛。この子、たぶん全部計算して芝居してるぞ』

子供のころ。

鏡心菜主演のテレビドラマを見て、兄さんはそう評しました。

『他の役者の演技、台本の流れ、自分に与えられたセリフの意味、演出家の意図……全部わかってる。きっと演劇を数学の問題みたいに考えてるぜ』

『えっと、つまり……』

『自分に何が求められてるか完璧に理解してる。客観的って言葉があるが、それこそ客からどう観えてるかすべて計算してる。すごいよ、まるで精密機械だ』

鏡さんに釘づけになる兄さんを見て、幼い私はかなり嫉妬してしまったっけ。

（けど、なぜ兄さんがほめたのか、やっとわかりましたよ）

今回の芝居はリハーサルなしのぶっつけ本番。

セリフ量を考えれば普通の役者ならセリフを噛んだり、脚本の意図からハズれた演技が出てくるものです。

そこを演技指示で修正するのが演出家の仕事。

（だけど……鏡さんは1ミリもハズさない）

表情、セリフの強弱と緩急、一つ一つの動作、視線の配り方……。

こちらの心でも読んだように、脚本家のイメージ通り。

たとえるなら料理人が調理をしようと冷蔵庫を開けたら、もうすでに作るはずの料理が出来あがっていた感じ。

しかも、味は極上。

(——これが、本当の鏡心菜(かがみここな))

天才子役と呼ばれた女優の実力……。

【その後でアタシたちはホテルの近くにある公園に行った。

寒いのに、何時間もお互いについての話をしたっけ。

そしたら夢中になってる間に夜が明けちゃってさ。

せっかくだから……見に行くことにしたんだ】

鏡さんは観客たちをぐるりと見回してから、突然上履きと靴下を脱ぎ捨てた。

そのまま数歩だけ軽やかに駆けると、

【ひゃっ、冷たいっ!】

何かが足元に当たったように、その場で小さく飛び跳ねました。

笑顔のままですが寒そうに両腕で体を抱えて震えています。さらにもう一度【わっ!】と軽やかな悲鳴を上げてはしゃぐと、

「もしかして……海?」

生徒の誰かがつぶやきました。

そう、二人が行ったのは朝日に照らされた真冬の海岸。

「裸足(はだし)で波打ち際まで走って行ったのか？」

「そこに白波が押し寄せた……？」

鏡さんの演技で、観客たちが状況を理解します。

もちろん頭ではわかってます、鏡さんの足元には何もありません。

けど、軽やかなステップを踏む両足。寒そうに震える体。悲鳴を上げながらも無邪気にはしゃぐ彼女の顔を見ていると、

――パシャッ。


「………っ!?」

思わず絶句する私たち。

今、響いた気がした。

白波に染まった海岸を、鏡さんが歩く水音が。

【ううっ、さすがに寒いね……あっ、今アタシのことバカだって思ったでしょ!?　キミが悪いんだよ？　キミと話してたらすごく楽しくなっちゃってさ】

鏡さんの演技が変化。

観客に語りかけるのではなく、そばにいる誰かに話しています。
【え？　もう大丈夫かって？　──うん！　すっごく元気になれた！
全部キミのおかげ！】
そうか、これは二人が海に行ったときの会話なのだ。
存在しない誰かに話しかける鏡さんを見て、教室中がそう理解して──。
【せっかくなら夏がよかったね。綺麗な朝日を見たら泳ぎたくなっちゃった】
『また来ればいいさ』
【うん！　絶対来よう⁉　そのときは……一緒に泳いでくれる？】
『もちろん！』
【えへへ、ありがと～！】
──こんなの、ありえませんっ。
私はクラスメイトたちと同じように驚愕するしかありませんでした。
「う、うそっ、会話の内容が……！」
「わかるっ。心菜の表情、仕草、言葉から……」
「海にいる柊木くんのセリフが……！」
そう。
観客からそう観えるように、鏡さんは演技をしている。

【じゃあそろそろ帰ろっか！　さすがにこのままじゃ風邪引いちゃうかも……あっ！　や、やっぱり待って！】

鏡さんが宙に手を伸ばして、そこにはいない兄さんの服の袖をつかんだ。

なんて見事なパントマイム。

そして観客に視線を向け、ひどく緊張した様子で、

【──ねぇ、キミの名前を教えて？　まだ聞いてなかったよね？】

（上手いっ！）

はしゃいだ叫びから声のトーンを落として絶妙な強弱を効かせた。

さらにはここしかないタイミングで語りかける対象を観客に切り替え、私たちをドキリとさせる。

あまりにも美しく計算された芝居。

【えーすけ……そう。英輔か……】

名前を教えてもらったのでしょう。

何度か確認するように兄さんの名前を呼んでから、どこまでも一生懸命に、

【――好き】

そう告げた後で、鏡さんは頬を染めて恥ずかしそうにうつむいた。

だがすぐに顔を上げ、

【アタシ、キミのことが好き！　今日出会ったばっかりだけど、好きになっちゃったの。さっき言った通り、夏になったらここに来たい。

また二人で海が見たい。

今度は……恋人同士として。

だから、もし英輔がよければ――アタシと付き合ってくださいっ！】

沈黙。

生徒たちが鏡さんの告白を固唾を飲んで見守る中……。

【ありがとう、英輔！】

数秒の沈黙の後で、鏡さんが笑顔で叫んだ。

うれしさで瞳が潤んでいることから、観客サイドも自然と理解します。

告白は成功したのだ。

（――ああ。よかった。ハッピーエンドだ）

さっきの言葉通り、二人はまた海に来るはず。私にはその姿が想像できました。季節は夏。鏡さんはまた波打ち際まで走ってはしゃぐに決まっている。でも服装はパーティードレスじゃなくて、あでやかな水着。

潮風。

照りつける真夏の太陽。

海岸に寄せては消える白波の音色。

そのどれよりも魅力的に輝く、水着姿の鏡心菜。


「！」

瞬間、計ったようなタイミングで授業開始5分前の予鈴が鳴りました。

その音色で、教室が一気に虚構から現実へと引き戻される。

たった今見ていたものが芝居だったたと思い出す。

(――さすがは元天才子役)

演技を始めてから、ジャスト5分。

計時まで完璧だなんて。

「す、すっげえっ！」

ひどく興奮した様子で叫ぶ二見さん。

みなさん気づいていませんが、今の演技ができたのは兄さんがサポートをしたから。

（鏡さんも予想以上の技巧でサポートに応えて……ああ！　ぜひ兄さんと一緒に私のドラマに出て欲しい！）


状況をここまで客観的に計算できて、自分の魅せ場を演出できる女優。

コネで未熟な役者をキャスティングされて台本作りに苦労する……なんてことがよくある私たち脚本家にとって、鏡さんは天使も同然です！

「何あれ!?　心菜ってオードリー・ヘプバーンの生まれ変わり!?」

「い、今のってお芝居……だったんですよね？」

「なんで今まで演技しなかったん!?　あそこまでやれんのに……！」

「えへへ、たしかに今のは上手くできたかも！　ちょっとだけ昔の自分に戻れた気がするよ。これも英輔がそばにいてくれたおかげかな」

ありがと！　と鏡さんは兄さんに笑いかけます。

しかし、兄さんは少しだけ気マズそうに黙る……演技をしました。

——ああ、そうでした。自分で書いておいて、すっかり劇に熱中してしまいましたね。

芝居はまだ終わっていません。

「ただ、ごめんね、みんな。実は今の……エチュードじゃないんだ」

少し申し訳なさそうに苦笑する鏡さん。

「今のは、ホントにあったことなの。だからアタシもあそこまで上手く演じられたワケ」

「えっ⁉　ま、待てよ！　ホントにあったって……！」

「じゃあ、心菜と柊木(ひいらぎ)くんは……！」

「――うん。二人だけのヒミツだったけど……」

そこで鏡さんは兄さんを見つめます。

さびしげで、せつなさのこもった眼差(まなざ)しで――。

「アタシたち、ホントに付き合ってたんだ。もう別れちゃったけどね」

そう、柊木英輔のかつての恋人。

つまりは、元カノ。

それこそが私が鏡さんに用意した役どころでした。

第3幕　合理的なカノジョ

「あっ、おっかえり〜！」

　時刻は午後6時すぎ。

　番組の撮影が始まるまでは一人で住むことになったシェアハウスへ帰ると、俺を出迎えたのは制服にエプロン姿の心菜（ここな）。

　なんとも香ばしい匂いがキッチンから届く。

「まさか……夕飯作ってるのか？」

「うん！　あっ、メインは煮こみハンバーグなんだけど、英輔（えいすけ）は好き？」

「まあ、好きだけど」

「やった！　えへへ。アタシはまだこの家に住んでないけど、夕飯くらい一緒に食べてもいいよね？　来愛（くれあ）から合鍵も借りたしさ」

　おいしく作るから待っててね♪　と心菜はスマイル全開。

　俺が新婚の夫だったら「夕飯？　お風呂？　いや俺が選ぶのは嫁だー！」と抱きつきそうなくらい可愛（かわい）かった。

　それは心菜がゴキゲンなせいもあるだろう。

「それにしても、大成功だったね」

「昼間の芝居のことか？」

「あの後マジ大変だったよ～。みんな『元カノってどういうこと！』『いつ付き合ってたん!?』『ここにゃんと柊木遊月の七光りが!?』ってさ」

「俺の方にも同じ質問が大量に来たぞ……」

「予定通りそっちも誤魔化したんでしょ？」

「ああ。来愛のシナリオ通り、その方が引きになる」

「今の情報量でも宣伝には十分ってワケか。その証拠に、ほら」

スカートのポケットから出したスマホを見せてくる心菜。

『元ここにゃんが即興劇で告ってみた♡』

そんなタイトルの動画が映っていた。

「激ヤバだよ！　再生数もう10万突破！　ツイでちょーバズってる！」

「元天才子役がエチュードをやるって言ったんだ。バズり狙いでクラスメイトが撮影して動画を上げるのも必然か」

「みんなタレントだからバズりたいもん。わざわざ教室でお芝居した甲斐があったね～」

「ま、正確には『一芝居打った』だけどさ」

すべて来愛の書いたシナリオ通り。

タレントは一般人よりSNSのフォロワーが多い。

だからクラスメイトに心菜の動画を撮影させ、拡散させる。

「番組を始める前の土台作りにはベストか」

「さすが来愛！　鮮やかな演出プラン！」

「鮮やかなのはあんたも一緒だろ？　ずっと猫被ってやがって」

「えっ、どういう意味？」

「あざとく首をかしげるな。――なあ、教えてくれ」

玄関に座って靴紐をほどきながら、訊ねる。

「あんたにとって、芝居ってなんだ？」

「ふふっ。決まってるじゃん。アタシにとって『芝居はパズル』だよ」

何の迷いもない即答だった。

「役になりきるなんて非合理的なこと絶対しない。色んな情報を客観的に計算して、現状にピッタリな演技を当てはめる。それが一番合理的」

「合理的……か。ギャルらしくないセリフだな」

「あっ！　たしかにアタシはわざと劣等生を演じてる。けど、今のアタシが全部演技って
ワケじゃないからね？」

「ホントか？」

「とーぜんじゃん！　この格好やピアスだって好きでやってるの」

「それも演技のうちかも」

「ひどっ!?　いつもの明るいアタシが演技だったら今日のお礼にゴハンを作ってあげたり
しないもん！」

むぅ〜と頬をふくらませて心菜はご機嫌ナナメに。

（困ったな）

俺の観察眼を信じるなら今のは演技じゃない。

嘘を見破るのは得意だ。

見破るためにはクリアしなきゃいけない制約もあるが、的中率はかなり高い。

「すまん、疑って悪かった」

「あっ、謝らなくていいよ！　アタシが猫を被ってたのはホントのことなんだし、キミは
何も悪くは――」

「というか、なんで劣等生を演じてるんだ？」

「えっ⁉　えっと……」

「隠すな。あんな理詰めの芝居ができるなら勉強くらいなんとでもなるだろ？」

「……あはは、ほめてくれてうれしいな。ただ、ごめん。理由は言えない」

アタシにも色々あるんだ、と心菜は申し訳なさそうにうつむいた。

まあ、たしかに誰にだって事情はあって……。

「それに、猫を被ってるのはキミも一緒でしょ？」

「何の話だ？」

即答すると、心菜は「隠さないでよ」と俺の胸をツンと人差し指でつついた。

「今日の芝居は大成功だったけど、あれはアタシだけの力じゃない。シナリオを書いてくれた来愛。そして、英輔のおかげ」

「………」

「だってあのときアタシを輝かせたのは——英輔だもん」

「輝かせたって、どういう意味だよ」
広いリビングに移動して会話は続く。

俺がソファに座ると、心菜が二人分のアールグレイをテーブルに置いた。

彼女はエプロンを外し、対面に腰かけてから、

「今日の芝居について来愛が『昼休みにチャンスがきたら始めてください』って言ってたでしょ？」

「ああ」

「そんなに都合よく行くワケ？　って思ったけど、英輔がアドリブできっかけを作った」

「たしかに、エチュードを見たいって言ったのは俺だが……」

「最初にアタシを指名してもよかった。でもキミはあえてみんなに演じさせたでしょ？」

「……」

「頭キレるね～。あれって、アタシの演技を引き立てるためだよね？」

正解だ。

たとえば、直球（ストレート）が速い投手（ピッチャー）がいたとする。

けど、剛速球だけで打者（バッター）をアウトにするのは難しい。

まず必要なのは前振り。

遅い球を投げて目を慣れさせる。

その後直球（ストレート）を投げれば、スピードが同じでも遅い球に慣れた打者にはさらに速く見える。

「みんなノリノリだったけど、実際は英輔（えいすけ）にとって都合のいい役を演じさせられてた。主役（アタシ）の演技を目立たせるための、引き立て役を」

「偶然だろ？　俺はそこまで考えたわけじゃ……」

「それだけじゃないよ？　アタシがエチュードをやるって言ったとき、英輔は『どういうことだ？』ってアドリブを言ったでしょ？」

「……」

「あの後、アタシが天才子役だったけど今は劣等生だってことを、みんながキミに説明した。バズった動画にもそのシーンは映ってたの。つまり……」

「学園外の視聴者にもあんたの境遇が伝わって、余計に話題になった」

「そう！　キミの計算通りにね！」

鋭い。

ギャルな雰囲気には似合わない的確な推理。

（ああ、昔この子は『好きな科目は算数』って言ってたけど、それは変わってないな）

起きた事象から何があったか逆算して、最適解を導き出す。

数学の難題を解くみたいなロジカルな思考展開。

「あんた、理系の科目が得意だろ？」

「あはっ、バレた？　数学は大好き！　昔全国模試で1位を取ったこともあるよ？」

「だったら今度勉強を教えてくれ。数学は苦手なんだ」

「わっ、それ絶対ウソでしょ！」

「なんでそう思う？　勘か？」

「まさか！　アタシは勘や直感なんて曖昧なものはぜ～ったい信頼しない。英輔ってウソが上手いから、そうじゃないかって推理しただけ」

「……」

「みんなを誘導したときだってすごく自然な演技だった。仲間だって知ってなきゃ見破れないくらいに」

「待て。俺は――」

「英輔がしたことはそれだけじゃない。むしろここからが一番のファインプレー。――キミは、つーちゃんを止めてくれた」

心菜は、導き出した解答を告げていく。

「つーちゃんがアタシの演技中にしゃべる予定はシナリオになかった。でも、つーちゃんは四回も口を開いたでしょ？」

「いい記憶力だな。回数まで憶えてるとは」

「対応力じゃ英輔に負けるけどね！　つーちゃんはアタシとは演技スタイルが真逆で、強力な武器を持ってる。あのままだとアタシの芝居がかすんでた」

「……」

「でも、そんなときに――英輔が助けてくれたの。ホントにありがとう」

心からうれしそうに、心菜ははにかむ。

「つーちゃんがしゃべった後で、キミは間髪入れずに来愛に話を振った。それでつーちゃんがしゃべり続けることを阻止したワケ」

「偶然だろ？」

「違う。二回も同じことがあったもん。おかげで場の空気をつーちゃんに支配されずに済んだ。だからアタシが輝くことができたんだよ」

「……」

「全部英輔がサポートしてくれたおかげ。たとえば、サッカーの試合でヒーローインタビューに呼ばれるのは、ゴールを決めた点取り屋でしょ？」

「フィールドの主役だから、当然だな」

「あれ？　ひょっとしてサッカーやってた？」

「見るのは好きだよ。戦略や心理戦がからむスポーツはゲーム性が強いし」

「へえ～。でも、実際にやるのもかなり得意でしょ？」

「なんでそう思う？」

「英輔って発声がすごくいいから、体を鍛えてそう」

「『役者の基本は体力』って家族に色々やらされてただけだよ」

「なるほど……あっ、話を戻すね！　アタシは試合(ゲーム)をコントロールした司令塔(ミッドフィルダー)こそが評価されるべきだと思うんだ」

　その主張は理解できた。

　ＦＷが仕事をこなせたのは、ＭＦのおかげでもあるからだ。

「攻撃の起点を作って、守備陣(ディフェンダー)の合間を縫うパスを出して、決勝点をお膳立て(アシスト)する。舞台で例えるなら主役を目立たせる人。つまりキミは――」

「――助演俳優(バイプレイヤー)」

　深々とため息をついてから「……負けたよ。あんたってホントに頭が回るんだな」と観念する……演技をしておく。

（ああ、よかった）

　心菜が俺の芝居を見抜いてくれて。

　正直、この程度ができないようじゃ戦力にならないって思ってたんだ。

　外見はギャルだが、計算高く、察しもいい。

　これなら十分期待できる。

　勝利がかかった局面で真価を発揮する手札(カード)の一枚として。

「英輔は最高のバイプレイヤー！　――ねえ、キミって何者なの？」

「それは……」

「素人って言ってたけど絶対ウソでしょ？　きっとみんなを油断させるためにあえてオーラを消して、ずっと凡人の演技を――」

「悪いな。俺が何者かは答えられない」

「ちょ、ズルっ!?　ここまで話しておいて！」

むぅ～と納得がいかない様子で心菜は頬を膨らませた。

しかし、おもむろに立ち上がってから俺の隣まで移動。

肩が触れ合う距離に腰かけて、「えへへ」と笑う。

「でも、ミステリアスな男の子はだ～い好き♪　キミとリアリティショーを演るのが楽しみになってきたよ。配役は……」

「元カレと元カノ。さすが来愛だな」

「？　どういうこと？」

「あいつは『上手く演じれば元カノは今カノよりもずっと可愛いです』って言ってたよ」

「……ずっと可愛い？」

「そう。あんたが演じるのは『別れた昔の恋人に気がある女の子』だ」

「………っ!?　そ、そっか！　それって……！」

「別れてもまだ好きなんだから、付き合ってたころよりもずっと恋い焦がれてる」

だからこそ出せる可愛さがある。

一歩間違えば未練がましいヒロインになるが、そこは演技次第だ。

「ヤバいヤバいヤバい！　そこまで計算できてなかった！　演じるのちょー楽しそう！」

「あんたがうれしそうでよかったよ」

まあ、来愛が言ってたってのは嘘だが。

今のは妹の思考を推理しただけ。

元カノなんてひねった設定にしたのには、理由があると思ったわけさ。

「そうと決まったら視聴者や華学のみんなを騙さなくちゃね」

「ただ、生徒たちは演技のプロである役者」

「中には芸能界のトップに手が届くスターもいて……ふふっ。だからこそ……」

不意に心菜が俺の膝の上に手を置いた。

そして甘いささやき声で、

「役作りは大事だよね？」

色っぽい吐息混じりに、誘惑する。

「一度付き合って別れた恋人を演じるには、お互いのことをよく理解しないとさ」

「……。言いたいことはわかる。俺たちは赤の他人だ」

「うん。だからいーっぱい役作りしよう？　お互いの好み、趣味、性格……色んなことを知っていかないと」

「勉強は得意なんだろ？」

「元優等生だからね。役を作るときはたくさんデータを集めて研究するんだ♡」

「……へえ。つーか、それよりも――」

「英輔のこともたくさん勉強したくて……あっ！　そう言えばさっき『今度勉強を教えてくれ』って言ってたよね？」

「……オイ。話を聞け。さっきから顔が近くないか？」

「え～、これくらいでハズかしがらないでよ～」

たしかに元恋人ならこれくらいの距離は経験済みだが……。

妹以外の女の子とほぼ話すことがなかった不登校児にはやや刺激が強い。

「話を戻すね？　勉強ならアタシが教えてあげる」

「あんたが？」

「科目は鏡心菜という女の子について。英輔にはアタシの全部を知ってもらいたいから」

「いや、全部って……」

「あっ、そうだ！　これは脚本家が考えることかもしれないけど……どうする？　元カレ元カノを演じる上で、どこまでしたことにする？」

「！」

彼女は透明なジェルネイルが塗られた指先で、俺の左手に触れた。

「キス？」

そして、俺の人差し指を優しく自分の口唇(くちびる)に押し当てる。

かすかに上気した彼女の頬(ほお)。

色っぽい仕草で、心菜は口唇に触れていた俺の指先を……。

「それとも……コッチ？」

自分の胸に押し当てた。

「……なあ、さすがに演技過剰じゃないか？」

平常心の仮面を保ちながら訊(たず)ねる。

緩やかな曲線を描く大きな双丘。

シャツ一枚を隔てて女の子の体温と、やわらかな肌の感触が伝わってきて……。

「ねぇ？　どうする？　元カレくん？」

「オイ。あんまりからかうのは――」

「アタシは真剣だよ？　何なら……もっと先でも構わない」

「先って……」

「英輔ならいいよ？　キミはズルい人だけど……アタシ、ギャルだもん。ちょっぴり悪い男の子に惹かれちゃうんだ」

「……嘘つけ。俺が秘密を明かさなかった仕返しをしたいだけで――」

「えへへ。顔が赤いよ？　ひょっとしてそれも演技？　なんならウソかホントか、確かめていい？」

「なっ……」

「ダイジョーブ。キミは何もしなくていいの」

再び心菜が俺の指を導く。

指先がふくよかな膨らみを通りすぎる瞬間、「んっ……」と甘い吐息がこぼれた。

そして、指先が自分のおへそあたりに触れたところで――。

「今夜はリードしてあげる。アタシ、役作りのためならなんだってするから」

そのひどく聞き覚えのある口癖を聞いた瞬間――。

俺は、彼女の体をソファに押し倒していた。

「ほへ？」

突然すぎてアタシはマヌケな声を出してしまった。

目の前には英輔(えいすけ)の顔……って、待って待って待って。

この状況、マズくない？

「あ、あはは……ごめんね？　キミが言った通り、今のはからかっただけだったんだ」

「……………」

「キミをどこまでドキドキさせられるか、つい役者魂に火がついちゃって……」

「…………」

「英輔も同じでしょ？　だからアタシに誘惑されてつい押し倒しちゃった演技を――」

「心菜(ここな)」

いつもの彼とは違うひどく真剣な声。

つい「は、はい！」と返事をすると、

「少しこのままでいさせてくれ」

「ええええええっ⁉　ちょ、それ、どういう――」

「あんたの顔がよく見たいんだ」

「はあっ⁉　バ、バカなの⁉　なんでそんなイタリア映画みたいなロマンチックなセリフを……！」

どうしようどうしようどうしよう！

このままじゃ役どころか別のものを作ることになってしまう！

これからの日本の未来を担う、『こ』で始まって『も』で終わる存在を！

（で、でも……）

演技とはいえ、あそこまで誘惑しちゃったのはアタシだし……。

「……ねぇ、英輔？　本気？」

ひどく不安そうでおどおどした声。

さっきまで被っていたからかい上手な女の子の仮面はコナゴナだ。

（なんでそんな顔で見つめてくるかなっ）

長年の宿敵でも見つけたみたいな真剣な表情。

いつもはフツーな男の子なのに、こんなにカッコイイ顔もするんだと目が離せなくなって……いや、ちょい待て、アタシ。

――まさか、ドキドキしてるの？

たしかにさっき「悪い男の子に惹かれる」みたいなことを言ったけど、あれは演技で……演技のはずで……っ。

「心菜。さっき『役作りのためならなんだってする』って言ったよな」

「!? それは……！」

なんてことだ！　よく考えたら「なんだってする」ってパワーワードすぎる！

けど、緊張してるのは英輔も一緒みたいだった。

押し倒された拍子に彼の右手とアタシの左手が重なってる。

その手が一瞬だけ震えた。今の発言だって勇気を絞り出したように聞こえて……もしかして、ドキドキしてるの？

自分が押し倒している、鏡心菜という女の子に。

(そう考えたら、こっちもますます……あっ、押し倒されたときにシャツのボタンが外れて……ブラが見えて……ううっ、ハズいよぉ……)

今日の下着は真っ白で、目立たない、ダサい感じ。

スカートの下は見せパンで隠せるから油断してた……。

――てか、これ以上は本気でヤバい。

JKの下着事情どころじゃないアタシのギャルらしくない一面がバレちゃう。

「……お願いっ。待って、ください……」

バレるよりはバラす方がまだマシだ。

そう思ったアタシは顔がますます赤くなるのを感じながらも口唇を動かす。

「実は、アタシ……こんな見た目だけど……今まで誰とも付き合ったことがなくて……」

「……」

「それどころか……キスシーンとかも、まだ演じたことなくてですね……」

「……」

「昨日、この家で英輔に……裸を見られたでしょ？　あの後余裕な顔をしてたけど、あれは演技で……ホントはすごく恥ずかしくて……」

「……」

「だ、だから！　できれば……優しくしてもらえるとうれしいって言うか……！」

うわぁ！　ベタな少女漫画みたいなこと言ってるー！

ただ、実際問題、優しくして欲しい。

初めてがソファなのもイヤだから場所もベッドに……って、待って、アタシ？

（冷静に考えたら、今のセリフ、ヤバくない？）

雰囲気と英輔の真剣さに流されてない？

抵抗するつもりがある程度は許容しちゃってるようにしか聞こえないぞ⁉

「大丈夫だ、心菜」

「!?」

優しく名前を呼ばれて呼吸が止まりかける。

何が大丈夫なの？　今のアタシのお願いをすべて叶えるつもり？

けどそれって、つまり……。

「わ、わかった」

観念したようにアタシは顔を真っ赤にしたままでうなずいてしまった。

さっき考えた通り、最初に誘惑したのはアタシ。

英輔をここまで真剣にさせちゃったのもアタシ。

だったら……責任を取らなくちゃいけないと思ったワケ。そして——。

彼なら約束を守って、優しくしてくれる気がした。

(英輔はウソつきだけど、今のセリフが演技とは思えなかったもん)

それくらいカッコよかったのだ。

だからアタシも覚悟を決めて——。

「大丈夫。何もしないから」

「ほへ？」

再び女優らしくないマヌケな声が飛び出た。

英輔は固まってるアタシの手を引っ張って、ソファから起こしてから。

「……その、悪かった。急にこんなことして」

申し訳なさそうに謝罪。その後で「お詫びと言っちゃなんだけど、紅茶のおかわりでも淹れてくる」とカップを持ってリビングから出て行ってしまった。

「……ウソでしょ？」

思わず独り言がこぼれる。

あそこまでやって、何もしないって、ありえる？

あんなに真剣な顔で見つめてきたのに。

押し倒されてこっちは覚悟まで決めたのに。

「それに、何もするつもりがないなら、なんで『役作りのためならなんでもする』ってセリフに固執したの？」

たしかにアレはアタシにとって特別な言葉。

けど、英輔がそれを知るはずもないし……。

「あっ」

そこで一つの答えをひらめいた。

――まさか、アタシに魅力を感じなかったってこと？

だから途中でやめた……？

「ふっ……ふふふっ……」

あまりに悔しすぎて、笑ってしまった。

とーぜんだ。

（アタシだって女優だもん！）

劣等生を演じてるけど、容姿には気を配ってる。

ファッション誌やSNSでトレンドをチェック、お肌のケアは念入りに、毎食カロリー計算して体形をキープ。

「そうだ、つーちゃんほど美人じゃないけど……可愛く見える努力はしてきた」

あの日、彼女と話した通り、劣等生という立場を活かすチャンスが来たときのために体に磨きをかけてきたってワケ。

なのに英輔は……鏡心菜という女の子にこれっぽっちも魅力を感じなかった……。

（く、悔しいっ）

こんなに悔しいのはあ、あ、あの映画で負けたとき以来。

だから、こうなったら……！

「今度はキミに覚悟させてあげる」

リベンジのチャンスはたくさん。番組はまだ撮影前だけど、リアリティショーはある意味始まってる。

来愛曰く3日後、番組の土台作りのためにアタシたちのストーリーを進めるらしい。

それなら、演ってやる。


柊木英輔をオトしてみせる。


共演者に手を出すのはイケナイことだけど、そんなの関係ない。

「関係ない！　俺は心菜が好きだ！」って告白させるくらい夢中にさせる。

それくらい魅力的な元カノを演じる。

とーぜん今日みたいなダサい下着なんて二度と身につけない。

「そうよ、今日のことを忘れないためにも……」


明日から毎日スゴイ下着つけてやるっ！

第4幕　スウィート16モンスター

「は〜い、本番5分前！　演者さんスタンバイお願いしま〜す！」

フツーの高校ではありえない号令とともに、調理実習が幕を開けた。

場所は華杜（はなもり）学園の家庭科室……という名のスタジオ。

そこに集合したのは2年D組の生徒十一名。

家庭科の先生が風邪で欠席のため、代演として副担任の七咲鳴（ななさきめい）先生（年齢は20代半ば）。

さらには複数のカメラと番組スタッフの大人たち。

「授業をライブ中継するとは。この学園、ヤバいな」

「……落ちつけ転校生。ここじゃ日常茶飯事だぜ」

俺と同じく、エプロン姿に頭にバンダナをした二見（ふたみ）が言う。

「じゅ、授業やクラス行事が番組になることはよくある」

「言われてみれば、テレビで見たことあるかも」

「だ、だろ？　毎年華学（はながく）の体育祭はゴールデンタイムに放送されてる。他にも部活の様子をドキュメンタリー番組にすることは多い。せせせ生徒たちを少しでもカメラ慣れさせるために……」

「二見くんはもう少しカメラ慣れしなさい」

黒のスーツを身にまとった七咲先生が、二見の肩を叩いた。

「無理！　無理だぜ鳴ちゃん！」

「転校生の英輔くんはともかく、きみはこの番組は何度か出たことあるのに？」

「そ、そりゃそうだけど……」

「思い出して？　この『ハイスクール☆クッキング』は、生徒をAとBのチームに分けて料理の出来栄えを競う生配信お料理バラエティ。そこまで緊張する企画じゃ――」

「でもさっきからカメラが異常なくらいこっちに集中してんの！」

「まあ……それもそうね」

少し困った様子で苦笑する七咲先生。

「がんばってください、二見さん」

「柊木ちゃん……カメラが集中してんのはSランクの脚本家がオレらAチームにいるせいでもあるんだぞ……」

「ガンバレ！　二見！」

「鏡……カメラが集中してんのはおまえが柊木遊月の息子と付き合ってたってニュースが駆け巡ってるせいでもあるんだぞ……」

「お気の毒だわ、二見くん」

「雪村ぁあああっ！　てめえもエールを送れよ!?　カメラが集中してる一番の理由はAランクのおまえで――」

「黙りなさい。あなたはドラマ出演が決まったときも泣き言を言うの？　共演者が格上なのでお芝居できませんって」

机の上に用意された包丁よりも鋭い指摘をする雪村。

二見は「くうっ……！」と悔しさを紛らわすように、本日使う予定の白米を用意するしかなかった。

まあ、おわかりのように。

俺を含めたこの五人が『ハイスクール☆クッキング』のAチームだ。

「つーかさ。おまえら、どういうことなの？」
生配信スタートからわずか数分後、二見が俺と心菜に訊ねた。
「何が？」
「おまえと英輔が昔付き合ってたって話だよ。そのスクープを聞いたのは3日前だけど、そっから何の追加情報もねえじゃん」

「プライベートな問題だも〜ん。ただ、アタシたち昔はちょーラブラブだったんだよ？」

慣れた手つきで野菜を切りつつ、エプロンにバンダナ姿の心菜が自慢げに胸を張った。

本日のメニューは肉ジャガ。

カメラはリズムよく包丁を扱う彼女を映している。

「でもさ、おまえらドッキリのとき初対面みたいなこと言って――」

「あー……あのときは騙してすまん」

「は？　えっ、ちょ……はぁあああああっ!?」

「英輔は突然アタシに会ってビックリしたんだよ〜。だからつい他人の演技をしちゃったの。アタシはそれに合わせただけ」

「マ、マジ？　くそっ、まんまと騙された……オレと同じCランクの演技に……！」

うなだれつつ食器を洗う二見。

よし、心菜が完璧なアドリブで合わせてくれた。

来愛のシナリオ通り、今の一手で初対面のときに発生した矛盾を解消できて――。

「ところで、あなたたち」

不意に雪村が口を開いた瞬間、一気にカメラが彼女にズームイン。

彼女はそのプレッシャーを物ともせずに、

「別れた原因はなんだったの？」

楽しいお料理番組の空気が一瞬で凍りついた。

「ナイショ♡　プライベートなことは言えないかな」

「意味深ね。二人の間に何か事件でも起きたみたいに聞こえるわ」

「そりゃ付き合ってれば色々あるもん！　けど、一つだけ言えるとしたら」

カメラの角度を完璧に計算しながら、心菜（ここな）が俺の腕にぎゅっと抱きついて、

「アタシ、まだ英輔（えいすけ）のことを愛してるよ？」

とびきりのスマイルとともに爆弾を落とした。

「むしろ今の方が、付き合ってたころよりずっと恋い焦がれてる」

「そうなんですか!?」

おお、いい演技（リアクション）だ妹……と思ったが、本気の驚きも入ってるな。

脚本には俺の腕に抱きつくなんて指示はない、心菜のアドリブだ。

『ねぇ、来愛（くれあ）？　明日の収録なんだけど、どれくらいアドリブを入れていい？』

『ストーリーを変えない程度であれば、鏡さんは自分のやりやすいように自由に演じてください』

『なら、私も……』

『雪村さんは、アドリブ禁止です。たとえ収録中に共演者が心臓発作を起こしても一字一句脚本通りに演じてください。絶対に』

『……わかったわ』

昨日、四人でリモート会議をしたときにそんな話をしていたが……。

「……心菜。抱きつきすぎじゃないか？」

「え～、今さらこれくらいでハズいの？」

「今さらって……」

「付き合ってたころは、もっと大胆なことしてたじゃん」

「うっ……！　それは……」

「わっ、英輔ってば赤くなってる～。そういう素直なとこ、大好き♪」

あわてる演技をする俺にくっ付きながら、心菜は楽し気。

そのせいでやわらかな二つの感触が俺の二の腕にふにゅっと押し当てられて……。

「ちょっ、Aチーム撮れ高ヤバッ！　心菜ヤッバい！」

「大胆なことって……い、いったい何を……」

「抱いたんとちゃう？　文字通り」

「女が下ネタ言うんじゃねーよ！　生配信だぞ！」

「わはは、生でもこれくらい平気やって」

「てか！　今日の心菜いつも以上に可愛くない!?」

「うん。それに驚いた。転校生くんってモテるんだね」

「柊木兄……オーラゼロなのに大人の階段登ってるとかマジか……？」

そんな会話がBチームから聞こえてきた。

スタッフの方もざわざわしつつも、撮影を続行。

——これなら問題ないな。


心菜の芝居はすべて理詰めのパズルゲーム。

周囲を盛り上げつつも撮影が中止にならない程度のラインを見極めてる。

ただ、脚本よりも少し演技が過剰だ。

心菜自身は気づいてないだろうけど、無意識のうちに役に引っ張られてる。

やけに気合入ってるのが原因なんだろうが……やっぱり押し倒したのがマズかったか。

情華(じょうか)の口癖を彼女が口にしたことで、反射的に問い詰めてしまったのだ。

……いや、あのときはさすがに緊張したさ。

それでも表情を観察した感じでは、心菜は単に俺をからかっただけ。

(——でも、油断はできないな)

嘘(うそ)を見抜くのは得意だが、情華の演技だけは見抜けない。

心菜が情華である可能性はまだある。

「ねえ、英輔(えいすけ)はどう？　アタシのこと、まだ好き？」

「えっ……！」

戸惑った演技をしつつ、思考を会話の方にシフト。

心菜が脚本にはないセリフを言った。ここからは俺もアドリブだ。

「……さあ。どうだろうな」

「ふ〜ん。じゃ質問を変えるね。付き合ってたころ、アタシのどこが好きだった？」

「⁉　そんなこと答えられるか！」

「ダ〜メ。正直に答えないと離してあげない」

「くっ……！　……マジメなところ、かな」

「えっ!? 何それ! 付き合い始めたときアタシもうギャルだったじゃん!」

「たしかにギャルで芝居に関しては不マジメだったけど……人付き合いに関しては誠実だったろ?」

「!」

「それは学園に来てからも実感した。心菜は友だちが多くて周囲に笑い声があふれてる」

「英輔……」

「恋愛でも心菜は誠実だった。心菜と付き合ってたころは俺の人生で一番楽しかったよ」

「……!?」

あわてた様子で俺から距離を取る心菜。

「な、なんでそんなハズいこと言うワケ!?」

「正直に答えないと離さないって言ったのはそっちだろ!」

「うっ……だけど、だけどさ……」

カメラがその表情を追いかけ、ズームしたタイミングで、

「……今のは、ズルいよ」

さきほどの楽しそうな表情から一転、心菜は頬を赤らめた。

　片手でシャツの胸元をきゅっと握り、視線はやや斜め下、口元から笑みを消失。

　誰が見ても恥ずかしがっていると伝わるリアクション。

「そんなこと言われたら、また毎日キミのそばにいたくなっちゃうじゃん」

「なっ……」

「ありがと。アタシもキミと一緒にいた時間が一番楽しかったよ？　別れてからよりわかったの。アタシ、やっぱり……英輔に恋してる」

「……………！」

　カメラが自分に寄ったのを感じつつ、俺も赤面。

　演技する俺を見て心菜は「これでおあいこ♡」と照れくさそうにはにかんだ。

「……ねぇ、あの二人、なんであんなラブラブなのに別れたの？」

「そんなのわたしが知りたいです～!?」

「転校生くんに本音を言わせた途端恥ずかしがって……でも……！」

「最後はあんなに幸せそうに笑って……ビックリや。こんな心菜は初めて見るわぁ」

「柊木兄といるときって、いつもあんな可愛い顔してたのか……？」

「負けてられないね。Bチームもどうにか目立って――」

「無理ですよぉ！　ハリウッド女優の息子と元天才子役の恋愛事情！　こんなのネットニュースのトップを飾る話題ですっ！」

――よし、観客の反応がいい。

見事にこっちの思惑にハマってくれた。

心菜(ここな)のアドリブはどこまでもロジカル。

「これでおあいこ♡」と言う一瞬。

その瞬間をいかに可愛(かわい)く見せるか逆算した芝居だ。

(そのセリフだけは最後に言うと決めてたはず)

だから最初は小悪魔っぽく相手をからかい、その後で恥ずかしがる演技を入れ、表情に緩急をつけた。

そう、ストレートで打者を打ち取るには前振りがいる。

恥ずかしがる仕草を前振りにしたことで最後の笑顔がより際立ち、観客の心に突き刺さったのだ。

(俺も心菜の演技プランを先読みして、アドリブで合わせたしな)

賭けてもいい、スタッフは俺たちの会話に内心喜んでる。

テレビ屋にとってはどんな高級料理よりも、タレント同士の恋愛話の方がよっぽどオイシイ。

心菜の演技(ロジック)も100点で——。

「ちょっといいかしら」

劇のために、俺と心菜は周囲が話しかけづらい雰囲気を構築していた。

脚本上この雰囲気をぶち壊していいのは一人だけ。

そう、この調理実習において今の芝居はあくまで前菜。

雪村(ゆきむら)つるぎ。

彼女が本日の主演女優(メインディッシュ)だ。

♡♣◇♠

(——来た！)

アタシはビックリした表情を作りつつ、あわてそうな自分を落ちつかせる。

この状況は昨日何度もシミュレーションした。

けど……それでもドキドキする。

今からあの《雪の女王》と共演するんだもん。

「あなたたち、イチャつきすぎじゃないかしら」

いつものクールな口調でつーちゃんは言う。

途端、視線が奪われる。

生徒や先生の意識も、アタシと英輔に注目してたカメラも、一気につーちゃんに持っていかれる。

(今後の展開を考えると注目を奪われすぎるのはマズいな)

リアリティショーはアタシとつーちゃんのダブルヒロインだもん。

「二人はもう恋人じゃないんでしょう？」

「うん。今は友だち以上恋人未満って感じかな？　ただ英輔がどうかはわからないけど、アタシはまだ英輔に恋してる」

「未練がましいのね」

「あはは、アタシもそう思う♪　でも……この想いだけは、どうしようもできないよ」

最後のセリフはシュンとした感じにして、表情も仕草も悲し気に。

隣で英輔も「心菜……」とアタシを心配する演技をしてくれたおかげで、スタジオの視線が戻ってきた。

　みんなの顔に浮かんでいるのは、落ちこんだアタシへの心配。

（よし！　一瞬で注目を奪い返せた！）

　悲しさをアピールするための数式は簡単。

　明るさ×悲しさ＝悲劇性。

　たとえば今の「どうしようもできないよ」を悲しく聞かせたいなら、その前のセリフをあえて笑顔で明るく言う。

　そうすれば対比で後ろのセリフがより悲劇的に聞こえるの。

（役になりきらなくても演技はできる）

　大事なのは、観客を魅入らせるための感知（インプット）と論理（ロジック）。

　さらには導き出した解答をちゃんと表現（アウトプット）できるか。

（その点、今日のアタシはすっごく調子がいい！）

　原因は3日前に押し倒されたこと。

　英輔をオトす。それくらい可愛（かわい）い元カノを演じるんだと心がけてるせいか思った以上の芝居ができて……！

「なるほど。あなたの気持ち、わかるわ」

　まるでスイッチを切り変えるように、つーちゃんがエプロンと頭に巻いてたバンダナをテーブルの上に脱ぎ捨てた。

その拍子にきらびやかな銀髪がなびく。

──綺麗……。

「………っ！」

思わず見とれそうになったのを必死に堪える。

けど、他のみんなはそうはいかない。

「オイ、カメラっ。女優に見とれんな、映像固まってんぞっ」

小声でカメラマンを叱るスタッフの声。

すさまじいことにほんのわずかな動作でつーちゃんはスタジオ中の視線を集めた。

その光景に、昨日英輔とした会話を思い出す。


『雪村って綺麗だよな』

昨日のお昼休み。

役作りの一環として二人きりでお弁当を食べていたら英輔がそうつぶやいた。

『わっ、急にどうしたの？　まさか……つーちゃんにホレちゃった？』

『違う。ただ今朝、偶然雪村が出てる化粧品のＣＭを見たんだが、あれは……』

『思わず見とれちゃうよね！　つーちゃんの武器の一つは、圧倒的に綺麗なところ。華杜学園はフツーの高校なら「うちの学校で一番可愛い！」ってほめられるレベルの子が全国から集まってる』

『その中でも雪村はトップクラスだろ？　とんでもなく華があるぞ』

『あの子ってモブ役にキャスティングされたことがほぼないくらいだもん』

『画面に一瞬映っただけで、観客の視線を奪うからか？』

『おおっ、よくわかったね！』

『あそこまでの美形は芸能界でもレアだからな』

『たとえ何百人もの群衆の中にいてもつーちゃんは輝く。輝きすぎて、主役を喰っちゃうの』

『それはある意味……才能って言うより最悪だぞ』

いや、むしろ災厄か……なんて英輔はつぶやいてた。

今まさにつーちゃんと相対するアタシにはその意味がよくわかる。

これほどの美貌は共演者にとって災いでしかない。

「わかるって……どういうこと、つーちゃん？」

来愛の脚本はキャスティングも含めてよくできてる。

アタシと英輔が付き合ってたってニュースは学園でもWEBでもバズりまくった。

（ただ、それは一過性のもの）

元天才子役じゃその程度の話題性しかないってワケ。

でも現役のスター女優がからんでくれるなら話は別。


「私にとっても、柊木くんは特別な人よ」


アタシがさっき「好き」と言ったときはざわめきが起きた。

けど、今度は起きなかった。

あまりの驚愕に生徒も、先生も、撮影スタッフも、言葉を失う。

「ウ、ウソ！　つーちゃんと英輔はまだ出会ったばかりのはずで……！」

「あなたと一緒よ。私も昔、彼と会ったことがあるの」

「……！　そんな、ワケが……」

「信じられないなら教えましょうか？　教え方は……そうね。あなたがこの前教室でやったように、演じてあげる」

「!?」

息を飲むフェイクを入れるアタシだったが、みんなも同じタイミングで息を飲んだ。

数秒間だけ。

つーちゃんは間を置いてから、

【——おねがいしますっ！　わたしをあなたの弟子にしてくださいっ！】

「…………！」

今度は演技じゃなく、アタシは本気で絶句する。つーちゃんが来愛が書いた脚本を演じてるって知ってるのに、ビックリするしかなかった。

（……ウソ）

目の前にいる人がつ、つーちゃんに見えない。

い、い、い、い、い、

あきらかに幼い声。

祈るように胸の前で両手を合わせる仕草。

《雪の女王》なんて呼ばれてるつーちゃんからしたら想像もつかない、必死で、今にも泣きそうな、おどおどした表情。

（まるで別人で……そっか。ドッキリで来愛を演じたのと同じだ）

ただ、今回は……。

【わ、わたし……ずっとあなたに憧れていたんですっ！】

子供だ。

スタジオ全員がそう思ったはず。

年齢は10歳くらい。

(しゃべっているのはつーちゃんだ。そんなことはわかってる)

でも、頭がそう認めたがらない。

脳が「違う!」と否定したがっている。

外見は16歳の女の子なのに、今のつーちゃんは幼い子供に見えて——。

【——いいわ。あなた、磨けば舞台映えしそうだもの】

スタジオが大きくどよめく。

また変わった。

ピッと伸びた背筋。ひどく大人びた声。どこかミステリアスで妖艶な雰囲気。いくつもの大舞台に立ってきたような自信にあふれた表情。

今度は大人だ。

しかも今つーちゃんが演じてるのは——。

「うそっ……もしかして、柊木遊月?」

クラスメイトの一人がそうつぶやいた。

「……ああ。俺もそう思った」

「えっ!?　あんたも!?」

「ウ、ウチも……なんで!?　こんなことありえる!?」

一気に驚愕が伝染。

みんな柊木遊月のことはよく知ってる。

授業の一環として彼女が出演した映画についてのレポートを書いたこともあるもん。

けど……。

(恐ろしいのは……つーちゃんがたった一つの演技で、自分が誰を演じているか強制的に理解させたこと)

スタジオにいる、全員に。

【ただ、弟子になる前に約束をして?　――友だちは全員捨てなさい】

【えっ!?】

【友だちと遊ぶ時間を削って稽古に集中するの】

【……それくらいの覚悟がなきゃ弟子になれないってことですか?】

【あら。理解がよろしい】

【……大丈夫です。

わたし、この髪のせいでいじめられてて……友だちなんて一人もいません】

【ふふっ、だったら誓って？

もしあなたが友だちを作ったら、その時点で弟子を辞めてもらうわ】

【!?】


ミステリアスな微笑を浮かべる大女優。

驚愕する内気で幼い少女。

その二つをつーちゃんは完璧に表現していた。


「一人二役!?」

「そ、そんなに驚くんじゃねーよ！　こんなのありふれた演技法だ！」

「けど！　ここまでリアリティがある一人二役は見たことが……！」


観客の驚愕が静まるのを待ってから。

つーちゃんは、芝居を続ける。


【そうしてわたしは柊木遊月の……センセイの弟子になりました。センセイに芝居について教えてもらえるのは、たまらなくうれしかったです。

ただ、稽古は信じられないくらい厳しかった……。

今ならセンセイの意図がわかります。

その厳しさの中で立ち上がれる人間じゃないと、スターにはなれない。

でも当時のわたしにはそのことに気づけず、追い詰められていった……。
そんなとき——彼と出会ったんです】
観客に語っていたつーちゃんが視線を英輔に向けた、その直後、

【きみ、母さんの弟子なんだって!?】

三度目の変貌。
またもやスタジオが大きくざわめく。
つーちゃんの声がやや低くなり、表情から少女らしさが喪失。
(今度は、男の子だ……)
歳は幼いつーちゃんと同じくらいで、明るい表情の少年。
【母さんが子供を弟子にするなんて驚いた！　今日は屋敷で演技を教わるんだろ？】
【は、はい……】
【？　元気ないな……あっ、さては稽古がキツいんだな？　よし！
息抜きさせてやるよ。稽古が終わったら帰るフリして、裏手から屋敷に入ってくれ】
【えっ……】
【窓は開けておくからさ。母さんは今夜仕事でいないし】

【ま、待ってください⁉　わたし、勝手にお屋敷に入るのは禁止されてて……！】

【大丈夫！　絶対バレない、妹にも秘密にするから！】

屈託のない少年の明るさ。

今の一人二役を見たことで、観客は理解する。

つーちゃんが演じている男の子は英輔だ。

【それが、わたしと彼の出会い。もちろん友だちを作っちゃいけないってルールは忘れていませんでした。

でも……わたしはどうにか稽古の辛さをまぎらわせたかったんです。

だから彼の言った通り、稽古の後にお屋敷に忍びこました。

その後で彼に案内されたのは――シアタールーム。

彼はそこで何本か映画を見せてくれました。

恥ずかしい話、わたしはそれまで映画というものをほとんど見たことがなかったんです。

センセイを知ったのもテレビドラマでしたから。

だから、衝撃を受けました……。

映画にはすべてがあったんです！

世界を救った英雄の歓喜も、恋人を殺されて復讐に走る女の憤怒も、愛する子供が死ぬ悲哀も、病的で麻薬じみた快楽も……この世のありとあらゆるすべてがっ！】

なんて感情的な独白……！

あまりのすさまじさにこの場にいる全員が飲みこまれる。

それほどまでにつーちゃんは役に入りこんでいた。

（――どうすれば、こんな芝居ができるの？）

一体つーちゃんは何を考えながら演技してるの？

演技をするときに考える必要なんてない。

それが私こと雪村つるぎの主張よ。

【わたしは彼に名前を明かしませんでした……。当時は名前が女の子っぽくないっていじめられることが多かったですから。

なので、あだ名で呼んでと頼んだんです……。

それからわたしは頻繁にお屋敷に忍びこんで、彼と映画を観るようになりました。彼と映画を見ているときだけは、稽古の辛さを忘れられたから】

そう、彼とはセンセイの屋敷で100本以上の映画を観たわ。
古典から最新までありとあらゆるジャンルを。
私たちは映画の感想を言い合い、ときには泣き、笑い合いあった……という設定。
それを表現しろ。
(すでに役に入りきっているのだから、感情の赴くままにやればいい)
かのアクションスターも言っていたわ。
考えるな、感じろ。
【約束を破って友だちを作ってしまった……。けれど、彼と離れたくなんてなかった！
内気なわたしにとって彼が初めての友だちだったからっ！】
きっとここは激しく叫んだ方がいい。
そんな風にビリビリきてる。
【そしてしばらく幸せな日々が続き……ある日、突然崩壊しました。
その理由は今ここじゃ言えないけど……結果的にわたしは弟子をクビになったんです。
彼とも、会えなくなりました……】
叫んだ後はテンションを落として悲しげに。
なるほど、この方が強弱がついて悲劇性が増すのね。電流に従ってよかった。

そう、私の演技の中核は、直感。
様々な気配を電流のように感じ取る、動物的な第六感。
たしか前に授業で七咲（ななさき）先生が言っていたわね。
『いい、みんな？　たとえるなら演劇はアンサンブル。共演者全員で作る音楽よ』

おあにいくさま。
合奏（アンサンブル）なんてクソ喰（く）らえよ。
悪いけど私の芝居についてこれないゴミクズはさっさと廃業して？
（雑魚（ザコ）が何人いようが、私が出る演劇はすべて私の独奏）
合理性？　台本の流れ？　観客の反応？　共演者との仲良しごっこ（チームワーク）？
そんなものは無視。
直感だけを頼りに進め。
飢えたサメのように喰らいつけ。
それこそが私のスタイル。

『芝居は殺し合い』

大事なのは、共演者の光を殺すほどに自分が光ること。

そして自分が輝く道を本能で探し当てること。

(主演が圧倒的に輝けば、それだけで客は満足だもの)

「この瞬間を観るために高い金を払ったんだ!」と観客を満足させるのが本物のプロ。

私は私が愛するハリウッドスターたちのように、世界を虜にしてみせる。

【弟子をやめた後も……女優になることだけはあきらめきれませんでした。センセイみたいになりたいって願いよりも、強い夢が生まれていた……。

もし自分が映画に出られたら彼に喜んでもらえるかもしれない!

だから独学でお芝居について勉強し続けたんですっ!

そして長い月日が流れ――】

、、、、、、、

私は女優になったわ、と。

子供の仮面を脱ぎ捨てて16歳の高校生へと戻る。

碧眼で見つめる先にいるのは、柊木くん。

【……ちょっと待て。あんた……】
彼は口元に手を当てて、考えこんでいた。
その顔に浮かぶのは見事な当惑と驚愕。
(やっぱり、ただのCランクじゃないわね)
なんて自然でわかりやすい演技。
普通なら私と初共演した役者は委縮する。
けど彼はまったく気圧されてない。賞賛ものの舞台度胸……。
【もしかして……ユッキーか?】
だからこそ最高に気持ちのいいパスをくれる。
完璧な間の取り方、まさに主役を光らせる助演。
【……ええ】
直後、今日一番のどよめきがスタジオから巻き起こった。
気づけば、私は泣いていた。
ぽろぽろと大粒の涙がこぼれる。
私はその雫をぬぐおうともせずに……。

【ずっと会いたかったわ、えーくん!】

涙声で彼のあだ名を叫んだ。

そして、えーくんに抱きつく。

彼の胸に顔をうずめて子供のように大声で泣きじゃくる。

(ああ、会いたかった、ずっと会いたかったわえーくん! 私、このときを待ってたの。あなたに自分の主演映画を観てもらうためにがんばってきた。再会したとき、あなたに少しでもほめてもらいたくて……えーくん、えーくん、えーくん……っ!)

ただ想いを伝えるように、強く強く彼の体を抱きしめる。

——ああ、幸せ。

全身を心地のいい高揚感が満たす。

集中しているせいで観客の顔なんて目に入らないけど、みんな鏡さんの芝居なんて憶えていないはず。

(劣等生のくせに少しはマシな芝居をしてたけど、どうせマグレ)

その証拠に勝ったのは私。

主演女優の商品価値を証明した。

今日もいつも通り、共演女優を喰らいつくしてやったわ。

(でも……これだけじゃ足りないわね)

もっと物語を面白くするには、今後もこの役を演じ切るには、必要なものがある。

そんな電流が体に走ってる。

「——」

だから、壊そう。

これから鏡心菜をこれ以上ないくらいにぶっ壊す。

それはまさに映画のように感動的なシーンだった。

「雪村さん……」

教師である七咲先生が静かに涙を流す。

生徒やスタッフたちも涙を流したり、目を潤ませたりしている。

全部ウソだと知っているアタシですら目頭が熱くなるのと同時に、抱き合う英輔とつーちゃんを見てたら……少しだけ胸が痛んだ。

(……ヤバすぎる)

これがつーちゃんのもう一つの武器——怪物的な演技力。
それこそアンデルセン童話で雪の女王に心を奪われた少年のように、みんな夢中になる。
悔しいくらいに、つーちゃんの演技は完璧で——。

【……ごめんね、えーくん】

物語はラストに向かって疾走。
泣き止(や)んだつーちゃんは、上目づかいに英輔(えいすけ)を見つめた。
【ずっと会いに行けなくて、ごめんね。
お別れもせずにさよならしちゃって、本当にごめんね……】
【気にするなよ、ユッキー。きっと何か理由があったんだろ?】
【うん。けど、こうして再会できた。また二人で映画が観(み)たいわ】
【——ああ。懐かしいな。
俺たちが初めて会った日、最初に観た映画は——】
上手(うま)すぎっ！　緩くもなく早くもない、またもや最高の助演(アシスト)！
次の言葉で物語が完結する。
つーちゃんの最後のセリフは笑顔で映画のタイトルを言うだけ。

『ローマの休日』
アタシも大好きな映画、言わずと知れた超名作ラブロマンス。
ラストを飾るのにふさわしいタイトルで――。

【――『ジョーズ』】

「……ん？」
ねえ、つーちゃん？
今とびっきりの笑顔でなんて言った？
「ゆ、雪村さん？　本当に『ジョーズ』だったんですか？」
あきらかにうろたえる来愛。
とーぜんだ。
『ジョーズ』も言わずと知れた超名作。
(けど、『ローマの休日』とはジャンルが違いすぎる)
モンスターなサメと戦う男たちを描いた海洋アドベンチャーで……。
【ええ。彼と初めて観た映画は『ジョーズ』。他にもたくさん映画を観たわ】
自信たっぷりにうなずくつーちゃん。

困惑する脚本家とスタジオ。

そしてアドリブに合わせるために何食わぬ様子で「あれはいい映画だよな！」とフォローしてる英輔。

（ああ、そうだった……）

来愛がつーちゃんにアドリブを禁じたのには理由がある。

絶世の美貌と演技力を誇るつーちゃんがSランクになれない原因。

雪村つるぎはときおり暴走する。

それこそ巨大なホオジロザメのごとく、凶悪に。

【――鏡さん】

女王様の暴走は止まらない。

つーちゃんの碧眼がアタシをにらみつける。

【あなたがえーくんの元カノでまだ彼のことが好きでも、えーくんを渡すつもりはないわ。彼は私にとって特別な人。大切な幼なじみだもの】

【幼なじみ……】

【ふふっ、そんなに困惑しないで】

困惑してるのはあんたのアドリブのせいなんですけどぉ!?　とフツーの女優だったらマネージャーに泣きついてたかも。

幼なじみ。

アタシの元カノと同じく、それがつーちゃんに与えられた役どころだけど、わざわざそれをアタシに宣言するシーンなんて脚本にはなかった。

（でも、大丈夫だよ、つーちゃん？）

誰かのアドリブに合わせるのなんて3歳からやってたもん。

昔色々あって以来、つーちゃんの芝居も研究してきたしね。

ま、今日の暴走は予想より少しヤバそうだけど……。

【こうなったら、勝負をしましょう】

「!?」

……マズい、少しどころかかなりヤバい。

展開が早すぎる！　勝負なんてバトル漫画みたいなセリフまで出てきた。生配信だし、脚本家の意向と今後のシナリオ展開のためにも当たり障りのない勝負を選んで軌道修正しなくちゃ……！

そんな風に、アタシは3秒間だけ思考したが、

【方法は簡単。私とあなたで芝居を演じるの】

「…………っ！」

——やられた！

思考の隙を突かれてこっちの主張を封殺された。

直感で言ってるとしか思えないアドリブスピード。

ああ、アタシたちは今日の『ハイスクール☆クッキング』を壊すつもりだったけど……。

（……計算が甘かった）

敵は共演者（みかた）にいたんだ。

それを証明するように、《雪の女王》はすべてをぶっ壊すモンスターのごとく、とてつもないアドリブを放りこむ。

【言わばオーディションね。あなたが負けたら、えーくんの恋人役から落選してもらうわ】

第5幕　ラブストーリーができるまで

「あっ、お待たせ～！」

週末、昼すぎ。

渋谷の駅前で待っていると、大きめのサングラスをかけた心菜が話しかけてきた。

「そのサングラス、変装か？」

「うん！　さすがにあそこまで反響があったらね。それよりこの服……どうかな？」

「可愛いよ」

春らしい純白の長袖ニット。オフショルダーなので細い肩のラインが露出され、ほどよく短いスカートとマッチしてて……ファッション雑誌から抜け出してきたみたいだ。

おかげで服の感想がテンプレになってしまった……。

「ありがと～！　英輔のコーデも激エモ！」

しかし、心菜は俺の貧弱な感想にも全力で喜んでくれた。

「そのジャケット、けっこー高いよね？　シックでいい感じ。革靴もカッコイイ！」

「ありがとな。実は選んでもらったんだ」

「えっ!?　……誰に？　まさか女の子？」

「来愛（くれあ）だよ。『推しに貢（みつ）ぐのは当然です』って今朝服一式プレゼントされた」

まだまだ兄さんに着せたい服はあるのでまた贈りますね！　とのことなので、着せ替え人形に転職する日も近いな。

「うわっ、見ろよ、あの子」

少し離れたところでたむろっている大学生っぽい男三人が声を上げた。

「顔よく見えないけど可愛くね!?」

「グラドルかアイドルか？　おっぱいでけえー」

「なんであんな地味なヤツがツレなんだ？　ナンパしたらワンチャン遊べんじゃね？」

おお、さすが元天才子役。

着飾ってもオーラゼロの俺と違って、変装してもタレントオーラは隠せなくて……。

「じゃあ、行こっか」

ごく自然な仕草で心菜は俺と手を繋（つな）いだ。

だが、すぐに「あっ」と何かに気づいた……演技（フェイク）を入れる。

そして、サングラスを外してから、

「今日は……コッチの方がいいよね？」

ゆっくりと、見せびらかすように指と指を絡ませてきた。

いわゆる、恋人つなぎ。

「でしょ？　今カレくん」

「……………！　そうだな、今カノさん」

「えへへ、ハズかしがってる～。ま、恋人つなぎは初めてだしね」

「本日はどうぞお手やわらかに」

「あははは！　『手』だけに⁉　それともアタシの手がやわらかいって意味？　キミの手はおっきくて男の子って感じ。でも……」

そういうとこがだ～い好き♪　と心菜は幸せいっぱいに俺の腕にハグ。

「……マジ？　すげえ初々しくてまぶしいんですけど……」

「うらやま……！　てかカノジョの顔可愛すぎ……！」

「カラオケ行こうぜぇ……ヒゲダン歌いてぇ……失恋ソングに身を任せてぇ……」

女優の名演技に、モブたちが白旗を上げて去っていった。

それを確認してから、心菜は再びサングラスをかけて、

「ふふっ、見せびらかしちゃったぜ。今のアタシ、どうだった？」

「バッチリ。初デートではしゃぐカノジョって感じ」

「わっ！　ありがと～！　英輔も名演だったよ？　可愛いカノジョとの初デートで照れて

るカレシくんって感じ！」

「だったら問題ないか」

「うん！　じゃあ今度こそ行こっか！」

ゴキゲンな足取りで心菜（ここな）は俺の手を引いて歩いていく。

今日はデートという名の役作り。元カレ元カノを演じることになった俺たちだが、恋人として過ごした経験（ストーリー）はゼロ。

ないなら創作すればいい。

というわけで日曜日。天気は快晴。春空の下。

鏡（かがみ）心菜プレゼンツ、恋人時代の初デートを演じるレッスンが幕を開けた。

「どう!?　ここのドーナツ、ガチアガるでしょ！」

大通りに面した歩道で、心菜はさきほど買ったハート型のドーナツをパクリ。

俺も自分のを食べてみると……おお、たしかにおいしい。

「さすがギャル。スイーツに詳しいな」

「ううん。いつもは糖分摂取には気を使ってるし、ここのドーナツは初めて食べた」

「？　じゃあなんでこの店を知って……」

「ふふっ、珍しく察しが悪いね。キミのために調べたの。お互い初デートで失敗して気マズくなりたくないじゃん？」

「ひょっとして、来愛から俺が甘いものが好きって聞いたのか？」

「うん！　ちょっぴり意外で可愛い……あっ。――見て？」

心菜が声を潜めながら、駅前のビルの大型ビジョンを指さす。

流れてるのは人気情報バラエティ番組、『ＯＨ！　ＳＵＭＭＥＲブランチ！』。

数日前の生配信で暴走したつるぎが「鏡心菜さんとはどんな勝負をするんです⁉」「過去には共演経験もありましたよね！」「やっぱり幼なじみくんのことが好きなの⁉」と質問攻めにあっていた。

「大反響！　ただ、つーちゃんがあんなアドリブをするなんてビックリしたね～」

「あいつも謝ってたな。『ごめんなさい。自分でも止まらなくなっちゃったの』って」

「うん。それにしても、来愛ってマジ優しい」

「えっ」

「リモート反省会したとき『心配ありません。ここからどうするかが脚本家の腕の見せ所です』ってつーちゃんをなぐさめてたじゃん」

……間違いなくあれは営業スマイルだ。

「実際はブチギレてたと思う」

「えっ……あの大人しい来愛が？」

「ああ見えて情熱的なんだ。脚本や演出のことに関しては特に」

「たしかに、あの子の脚本はすっごく作りこまれてるよね」

「ああ。いくつか伏線も張られてる」

恋人同士だった俺たちが別れた理由。

あくまで設定だが、つるぎが母さんの弟子をクビになった理由。

その他モロモロ語られてないし、俺たちもまだ知らないが……。

「あいつならつるぎのアドリブに合わせてシナリオを修正できるさ」

「えっ、すごっ！　ホントに？」

「今朝も『兄さんたちのデートがスクープされてもいいように、シナリオ修正プランは複数用意してあるのでご安心を』って言ってたからな」

「さ、さすがSランク……あっ、Sと言えば！」

心菜はぎゅっと俺の手を握ってから。

「今朝『私はえーくんと一夜を共にしたわ、元カノさん』ってドSなラインが来たよ。ふふっ、昨日はつーちゃんとお泊り？」

「……今日のあんたは今カノだろ？　ヤキモチやかないのか？」

「ふふ～ん、幼なじみって設定なら一晩泊るくらいフツーじゃん。泊ったけどおかしなことはなかったんでしょ？」

「もちろんだ」

というのは嘘。

おかしなことはあった。おかげで寝不足だ。

なにせ……いや、デート中に長々と回想を思い浮かべるのも心菜に失礼か。

昨夜の最初の会話だけをプレイバック。

もっともそれでも尺が長いので、つるぎファン以外は飛ばしてもらって構わない。

「お邪魔するわ、えーくん」
「ああ。急に家に来るなんて驚いたぞ」
「安心して。マスコミにはつけられてないわ。ビリビリこなかったもの」
「は？」

「サメはロレンチーニ器官と呼ばれる第六感で、獲物の体に流れてる生体電流を探知できる。私の直感もそれと一緒よ」

「つまり、野生動物なみに勘が鋭いって言いたいのか……ってなんだそのデカい鞄は？」

「中身は私の映画コレクションね」

「……全部サメ映画じゃないだろうな？」

「サメ以外にも名作がいっぱい。今夜は二人で映画鑑賞。あなたと一緒にたくさん映画を観たって設定になってしまったしね。ごめんなさい、私の失態よ」

「いや。そんな真剣に謝らなくても……」

「問題解決に全力を尽くすわ。私は演技抜きで映画を愛しているもの。それに……」

「一緒に映画を観るのは幼なじみ役の役作り？」

「あら。頭の回転がスピーディーで助かるわ……あっ、そろそろ時間ね」

「？　何の？」

「私が買った夜食用ピザがデリバリーされるの」

「もう夜の10時だぞ？　体重管理はどうしたスター女優？」

「イタチザメのごとくなんでも食べるのが健康の秘訣よ」

「心菜が聞いたら卒倒しそうなセリフだ……」

「………。ねえ、えーくん。鏡さんを下の名前で呼ぶのなら私にも同じことをして欲しいのだけれど」

「いや、設定通り『ユッキー』って呼んだ方が……」

「つるぎって呼んでくれたら、映画鑑賞じゃなくあなたが好きなことをなんでもするわ。あなたってトランプを使ったゲームが趣味なんでしょ？」

「むっ……よく知ってるな」

「付き合うわ。幼なじみ役として、互いの好きなものを共有したいの」

「……。了解。そこまで言うなら呼ぶさ、つるぎ」

「ありがとう。じゃあ、早速コートを脱がなきゃ」

「オイ待て待てなんだその衣装は？」

「バ、バニーガールよ。雰囲気を出そうと思って通販したの。カジノな感じでGOよ」

「俺の家はラスベガスじゃないんだ……」

「えーくんはこれを着て？　着たまま寝れる安眠サメスーツよ」

「カジノはどこへ行った!?　ていうかなんだそのキグルミ！」

「私のサメグッズコレクションの一つ。私とあなたはウサギとサメ。まるで因幡の白兎ね
……あら？　なぜ私のバッグを手に取るの？」

「重そうだし、運ぶんだよ」

「えっ」

「つーか、そんな衣装着てきたヤツに言いづらいんだが、ポーカーはやめよう。なんでもしてもらえるなんて権利は有意義に使いたい。それに……」

「それに？」

「客に俺の好きなことをやらせるのは悪いし、今夜は二人で映画を観ようぜ？　俺も映画は割と好きだしさ」

「――あら。相変わらず優しい」

「……相変わらず？」

「それよりも。今夜は幼なじみらしく深夜まで遊びましょう？」

「さすがに深夜は……明日は役作りのために心菜と出かけるし」

「――なるほど。つまりはデートね。じゃあどうしようもないわ」

「つるぎ……」

「朝まで遊びましょう」

「どうしようもないのはあんたの性格だよな？」

「私は幼なじみ役を演じてるだけ。元カノなんかには負けたくないの。――相手があの鏡心菜なら、なおさらだわ」

それからつるぎと俺の部屋で何本か映画を観た。

幼なじみ役が最初に観たいと言ったのは結局『ジョーズ』だったっけ。

ただ内容はロクに入ってこなかったけどさ。

あんな美女がバニーガール姿で家に泊るんだから当然である。

「そう言えば、つーちゃんってば学園でよく英輔に話しかけるようになったよね」

「？　なんでそんな意外そうな顔するんだ？」

「だってマジレアだもん！　つーちゃんって一匹オオカミって感じで、アタシには特に塩対応だし……」

「幼なじみと再会できてはしゃいでる女の子を演じてるだけじゃないか？」

そう、俺とつるぎは本物の幼なじみじゃない。ただ……。

「実は俺、子供のころに女の子と『ジョーズ』を観たことがあるんだ」

「えっ……ホ、ホントに!?」

心菜がやけに驚いていた。

「その子は……昔近所に住んでて歳は俺と一緒。誰かと目を合わせるのを拒むみたいに、前髪を伸ばして目元を隠してた」

「人見知りだったの？」

「ああ。いつも一人で遊んでたから、ある日一緒に映画を観ないかって誘ったんだ」

最初は渋ってたが屋敷で『ジョーズ』を見せた途端、夢中になった。

最後には「こんなに感動したの初めて！」って喜んでくれたっけ。

「『わたしの名前、可愛くないから』って名前は教えてくれなかった。それでもその子とは一緒に遊んだり、たくさん映画を観たり……」

「それってどう考えてもつーちゃんでしょ！　来愛が書いた脚本はつーちゃんの意見をかなり取り入れたって言ってたもん！」

「いや、つるぎは銀髪碧眼。その子の瞳は前髪のせいでよく見えなかったが、黒髪だった」

「えっ……染めてたとか？」

「あー、その子の家は厳しくてさ。髪を染めるのもウィッグも禁止だったはず」

「なるほど。じゃあ二人は別人か……ふう、よかった」

「……よかった？」

「あっ、それよりっ！　人見知りの子に優しくするなんてやっぱ英輔って優しいじゃん♪」

「それほどでもないさ」

今も心菜に隠し事をしたしな。

あの子が近所に住んでいたというのは、真っ赤な嘘。

情華と会わなくなった後――幼い俺は一時期、児童養護施設にいた。

　女の子とはその施設で出会ったのだ。

ただ、あの子とほぼ毎日施設で映画を観たのはホント。俺が母さんに引き取られてから
は再会してないが……。

「キミの優しいところが大好きだよ、えーくん」

「……ん？　なんで急にあだ名？」

「今日だけは恋人なんだからいいじゃん！　それにつーちゃんがうらやましいもん。昨日
もいっぱいあだ名で呼ばれたんでしょ？」

「まあ、それは」

「二人でどんな話をしたの？」

「ほぼ映画の話だったよ。俺も映画は好きだし、楽しかった」

「!?ア、アタシだって映画はちょっと見るよ！　ちなみに一番好きな映画は？」

「『キャッチ・ミー・イフ・ユー・キャン』」

「へ!?　それ見たことない……でもえーくんが好きなら見たい……って、それよりもっ！

ううっ、アタシもえーくんとお泊り映画トークしたい……」

あからさまにヤキモチをやく心菜。

たぶんこれも計算の内だろう。デート前に恋人が違う女とお泊りしたんだ。

今カノ役の演技としては正解で……。

「あっ、えーくんも今日はアタシをあだ名で呼んで？」

「は？」

「初デートの記念にさ。カノジョからのお願い、えーくん♡」

「……………」

なるほど、そう来るなら俺もカレシの演技をしてみるか。

ロジック型の心菜と同じようにアドリブを組み立てるとしたら、

「嫌だ。死んでも呼ばない」

「えっ⁉　……なんで？　どうしてそんなに冷たく――」

「俺はあんた……いや、心菜の名前が好きだからさ」

「⁉」

「だから呼び捨てで『心菜』って呼びたい」

キザなセリフだがこれが最善手。

「嫌だ」と不穏な空気を作ってから、ストレートな告白で局面を一変させる。

ロジック的にはこの方が最後のセリフが立つはずで……。

「えっ、えっと……ありがと」

さっきまでの元気はどこへやら、心菜は頬(ほお)を染めていた。

サングラスの上からでもわかるくらい恥ずかしがってる。

「じゃあ、アタシも……えーくんじゃなくて『英輔(えいすけ)』って呼んでいい？」

「最初から呼んでるじゃん」

「そういう意味じゃなくて……アタシも、キミの名前……好きだから……」

「たぶんその恥ずかしがり方、演技じゃないだろ？」

「!?　……キミ、察しよすぎっ」

「心菜ってからかいたがりのくせに、意外と防御力ペラいのが弱点だよな」

「うっ……それよりっ！　なんで『あんた』って呼ばないの？」

「今日は恋人同士なんだし呼ばない方がいいだろ、心菜？」

「それは……」

「心菜、心菜、心菜。やっぱり、この響き、好きだ」

「〰〰っ！」

「………。悪い。さすがにからかいすぎた。恥ずかしいなら、やめ――」

「えっ!?　ダ、ダメ！　えっと……」

心菜は赤面しながら、俺のジャケットの袖をきゅっと掴んで、

「今日は『あんた』じゃなくて……いっぱい『心菜』って呼んで欲しい……」

「任せとけ、心菜」

いや、もちろん俺だってここまでストレートなセリフ連発はどうかと思うぞ？

でも実際心菜って名前は好きだし……それに、わかるだろ？

素で恥ずかしがる恋人が可愛すぎてついからかいたくなってしまったんだ。

（──ああ、知らなかったよ）

デートってこんなに楽しいんだな。

「あっ、満足そうな顔しないで！　まだデートは始まったばかりでしょ！」

顔が赤いのを誤魔化すように心菜が叫んだ。

「昨日はつーちゃんと映画を観たんだよね？　偶然だけど、今からアタシたちが行くのも映画館。期待してて？」

心菜はやけに楽しそうに黒髪を揺らしてから、

「今から観るのは、英輔が大好きな女優が出てる映画だから！」

「見て、カイ！　この薔薇とっても綺麗！」

銀幕の中で、中学生くらいの少女が歓喜の声を上げた。

休日でまあまあ客が入っている映画館。

観客が夢中になっているのは、とある邦画のリバイバル上映。

「まさか『雪の女王』とはな」

「いいチョイスでしょ？　アタシが主演だもん」

人が周囲にいない端っこの席（しかもソファ型のカップルシート）に座ってるおかげで、
小声でなら会話ができた。

「どう？　ここにゃんファンなら激ヤバでしょ？　何なら解説しよっか？」

「解説？」

「──『雪の女王』はアンデルセン原作の世界的に有名な童話です」

おお、出演者による生コメンタリーか。

心菜ファンとしてこの映画を何度か観た俺にとってはうれしすぎるサービスだ。

「あるところにカイとゲルダという仲の良い少年少女がいました。

しかしある日、空から悪魔の鏡の欠片が落ちてきます。

そのせいでカイは別人のように冷たい性格に変わってしまいました。そこに現れたのは、
雪の女王。彼女は冷たく変わったカイを気に入り、連れ去ってしまうのです」

「まるで優しい子守唄だな」

昨夜は数分しか寝てないし、眠くなってきた……。

そう思っていると、スクリーンに映ったカイに目を奪われた。

性格が変わる前のカイを完璧以上に表現した、天真爛漫な笑顔。

ただし、このカイを演じているのは少年じゃない。


「カイを演じてるのは、アタシのお姉ちゃんです」


聞きやすいテンポで、心菜は続ける。

「この映画の売りは鏡姉妹のダブル主演。お姉ちゃんの名前は鏡妃希」

「たしか3年生で、五人いるSランクの一人か」

「そして華学に三つある演劇部の一つ、第一演劇部の《ジュリエット》の部長ですね」

「つるぎ以上に人気があるトップ女優なんだろ？」

《女帝陛下》

日本中のファンからそう謡われ慕われるほどのカリスマだ。

「姉妹共演。そしてお姉ちゃんの少年役。それだけで話題性はバッチリでした。でも、もう一つ話題が加わったことでこの映画は記録的にヒットします」

直後、ちょうど雪の女王が登場した。

スクリーンに映ったのは純白の衣装をまとった銀髪碧眼(へきがん)の少女。

中学生のつるぎだ。

「映画が上映されたのはアタシが中2のとき。これがつーちゃんとの初共演でした」

「それまでつるぎは無名だったんだよな？」

「はい。でも、この映画で一気にハネました。子役の女王も斬新と評価されて、業界関係者から絶賛の嵐。その結果……」

「つるぎ本人も《雪の女王》って呼ばれるようになったわけか」

「つーちゃんの演技はすごかったです！　特に女王とカイの会話シーン！　本当に童話の世界にトリップしたみたいで……！」

称賛(しょうさん)する心菜。

ここにゃんファンとしてはもっと聞きたいが……そろそろ限界か。

子守唄の効果はバツグン。

久しぶりの学生生活を一般人のフリして乗り切るのは疲れたし、睡眠時間がほぼゼロなのも効いてる。

昨晩も映画の途中で数分だけ寝オチするくらい眠かったしな。

さすがに初デートで眠るのはマズいが……。

「…………」

心菜のためにも、今は眠っておいた方がいい。

それに今日だけはカレシ役。カノジョ役の前で気を抜いた姿も見せるべきだろ。

そう判断した俺は、静かにまぶたを閉じた。

♡♣◇♠

「!?」

その瞬間、アタシが被っていた解説者の仮面はコナゴナになった。

「え、英輔……?」

アタシのふとももに乗っているのは、英輔の頭。

カップルシートだからこんな風にひざ枕もできるけど――。

「くぅ～」

「…………」

――寝てる。

いやいやいや！　フツー初デートで寝る!?
オシャレした英輔はカッコイイなぁGJ来愛とか思ってたのに！
恋人同士なのはあくまで設定だけどそれでも熟睡したりするかなぁ!?
「……もう。一人で帰っちゃうぞ……」
小声ですねてみたが、起きる気配はゼロ。
ううっ……ホントに寮に帰ろっかな。
「……てか、アタシってそこまで魅力ないの？」
英輔をオトすために色々デートプラン練ってきたのに……。
しかも、昨晩英輔はつーちゃんと一緒だった。
さっきは「つーちゃんとお泊り？」って余裕なフリしたけど、内心はパニック寸前。
（あんな美女が家に泊ってドキドキしないワケないじゃん！）
おかしなことはなかったって言葉は信じるし、役作りのためっていうのもわかってる。
でも……初デート前日に他の子とお泊りって……。
「!?」
思わず泣きそうになっている自分に気づいて、アタシは心底動揺した。
──どういうこと？
カレシ役に冷たくされて涙ぐむなんて、これじゃ役になりきってるみたいで……。

「……」

でも、冷静に考えたら、この映画を英輔(えいすけ)が観(み)てくれなくてよかったかも。

ちょうどリバイバル上映してたから来たけど……実はアタシはこの映画が嫌い。

カイを演じたお姉ちゃんとはすごく仲良しで、毎日ラインもする。

「でも役者である以上、お姉ちゃんはライバル」

もちろん、つーちゃんも。

だけど二人からしたらアタシはライバルじゃない……。

『心菜(ここな)はマジメすぎるな。恋でもしたらどうだ？　恋をすれば女優は変わるぞ』

お姉ちゃんはそんなアドバイスをくれたけど、恋ならしてる。

アタシの初恋は芝居だ。

芸能一家生まれで芝居に触れることが多かったアタシは、ごく自然に女優に憧れた。

誰よりも舞台で輝くスターになりたい。

そんな風に毎日恋い焦がれてきたの。

(けど……アタシの初恋は、失恋寸前)

それを思い知らされたのがこの映画だった。一番出番が多いゲルダの役をもらったっていうのに、評価ではお姉ちゃんとつーちゃんにボロ負け。

このままじゃスターになんてなれない。

計算好きなアタシの頭が残酷な答えを弾き出して、しばらく落ちこんだっけ。

週刊誌にも「ここにゃん、映画が原因でスランプに⁉」って書かれた。そして……。

「……アタシは、劣等生を演じることにしたんだ」

外見と口調を変え、お嬢様からギャルになった。そういやここ数日、英輔にそうなった理由を何回も何回も何回も不自然なくらいに聞かれたっけ……。

でも、アタシは答えられなかった。

だってアタシが劣等生を演じるようになったきっかけは——。

「……………心菜」

英輔に名前を呼ばれて、ハッとした。

寝言？

「いや、もしかして……ホントは起きてる？」

ウソつきな彼のことだからアタシをからかってるんじゃ……よし。

確かめてみよう。

「——ねぇ、カレシくん？　いつまで白雪姫でいるつもり？」

かなりエッチに聞こえるように計算しながら、彼の耳元でささやく。

「ふふっ、ドキドキした？　エッチな声を作る数式は簡単なんだよ？　吐息まじり×ささやき声＝色っぽさ」

ほら、ネットでもささやき声の癒し動画（ASMR）が大人気でしょ？

セリフを息っぽくして小声にすると自然と色っぽく聞こえるの。

「起きないと、それこそ白雪姫みたいに……キスしちゃうよ？」

ささやきながら、英輔（えいすけ）の無防備な寝顔に顔を近づけた。

——ヤバッ、なんかカワイイ！

そんな感想を抱きつつ、彼の耳元にギリギリまで口唇（くちびる）を寄せて——。

「チュッ♡」

耳元ギリギリでキスみたいな音を立てる。

むっ、反応がないな。いっそほっぺにちゅーしてみよっかな……とそこまで考えて。

我に返った。

(何してるんだアタシ!?)

い、今のはちょっと大胆すぎない？

声は計算して出したけど、ほっぺちゅーしかけたのは完全に無意識で……うわっ、遠くの席のおじいちゃんおばあちゃんが微笑ましそうにこっちを見てるー!?
「カイ！　やっと会えたわ、カイ！」
瞬間、ゲルダとカイが再会するシーンが映し出された。
気づいたら終盤だ。
長い旅の末にゲルダは女王の城へとたどり着いた。
そして、とあることをして、女王からカイを取り戻すんだけど……。
（……すごい、こんなの初めて）
アタシがこの映画を嫌いな理由。
この映画を観るとどうしてもつーちゃんやお姉ちゃんに勝てなかった理由を分析して、
自分の実力不足って結論にたどり着いて落ちこむから。
でも今アタシは映画そっちのけで別のことに集中してた。
目の前で眠る、男の子に……。
「——えへへ。仕方ないなぁ、今回は許してあげる」
キミのおかげで落ちこまないで済んだもん。
つーちゃんが演技対決を申しこんできてから毎日不安だったけど、デート中はそのことも忘れられた。

「ま、英輔がこうなることを予測してあえて眠ったんだとしたらすごすぎるけど……さすがにそれはないか」

そこまでアタシの心理を読み切ってたら、Sランクなみの頭脳だもん。

そんなことを思いつつ、アタシはつい英輔の頭をなでていた。

「……これも、役作りの一環になるよね？」

ドキドキしつつも、小声で言い訳をしておく。

そう、役作りはまだまだ終わらない。

この後は喫茶店で映画の感想を交換して、予約したレストランでディナーを食べて、夜景が綺麗な穴場スポットに行って、いっぱい『心菜』って呼んでもらって……あっ、写真も撮らないと！

「付き合ってたころの写真を見せて！」って誰かに言われたときのために、アルバムを充実させなきゃ。

（ヤバッ、そう考えたらますますアガってきた！）

ちょうど映画が終わり、銀幕にはエンドロールが流れてるけど……。

「アタシたちの関係は、プロローグ」

まだ始まったばかり。

今日も明日もこの先も、楽しいことがいっぱい起きるのだ！

彼の温かさをひざの上に感じつつ、アタシの胸は幸せでいっぱいになった。

なんて。

そんな風に終わっていれば映画と同じくハッピーエンドだったんだけれど……。

「ん？」

映画が終わって客電もついたし、そろそろ英輔を起こさなきゃ。

そう思いつつ、オフってたスマホを復活させると、ラインが届いていた。

差出人は、来愛（くれあ）。

「えっ――」

瞬間、アタシは自分の心が凍りつくのを感じた。

そのメッセージはアタシにとってはそれこそ悪魔の鏡の欠片（かけら）。

幸せな日常を一変させる、災いだった。

第6幕　アンサー・イン・ザ・ダーク

「……本当に申し訳ありません、兄さん」

心菜（ここな）とつるぎの演技対決（オーディション）当日、夕方。

あと数時間で本番というタイミングで、俺を空き教室に呼び出したのは来愛（くれあ）だった。

「落ちこむな。来愛は何も悪くないよ」

「いいえ！　私は予想できませんでした。雪村（ゆきむら）さんがここまでするなんて……」

来愛は今にも泣きだしそうだった。

1週間前、心菜と俺がデートをした日。

つるぎから来愛に「私と鏡（かがみ）さんが演じる芝居は『雪の女王』にしましょう」と申し出があったのだ。

「雪村さんは自分を女王役、鏡さんをゲルダ役、そして兄さんをカイ役にするように私に命令してきました。そうしなければリアリティショーのこともすべてバラして、台無しにするって」

「Sランクのおまえならつるぎの命令を断れたはずだ。けど、おまえはそうしなかった」

「兄さん……」

「ありがとな、つるぎと番組をやりたい俺の希望を叶(かな)えてくれて。ただ――」

「鏡さんが勝つ確率はゼロです」

「……………」

「オーディションは学園内の劇場で行われることになり、世間でも大きな話題になっています。急遽生配信(きゅうきょPPV)も決まりましたが、それがさらに火をつけて……」

「スター女優と元天才子役の演技対決だからな」

しかも『雪の女王』はつるぎがスター街道を驀進(ばくしん)することになったきっかけであり、あだ名の由来である。

ファンは狂喜乱舞するに決まってる。

「正直この展開は私も考えていました」

「えっ、それって……」

「私がダブルヒロインにあの二人を選んだ理由、兄さんならわかりますよね？」

「ああ。心菜とつるぎは真逆だ。外見。劣等生とスター女優。ロジック型と直感型。しかも共演経験まである」

「だからこそ私は番組を始めた後で二人の演技対決を書きたかったんです！　対照的な二人なら絶対に好勝負を演じて、互いに成長できますっ！　でも……」

優しい妹は黙りこんだ。

番組の中で成長した心菜なら希望はあったかもしれん。

けど、今の心菜じゃ一人では絶対につるぎに勝てない。

「もし鏡さんが負けたら、番組はお蔵入りにするしかありません……」

「………っ。『ハイスクール☆クッキング』のとき、負けたら俺の恋人役から落選してもらうってつるぎが言ったせいか……」

「一度負けた後で復活するシナリオを書くという手もありますが、ご都合主義のように思われる気もします」

「だろうな。けど……」

「雪村さんはわざと負けたりしないでしょう」

「自分に有利な『雪の女王』を選んできたし、その可能性は低い」

「勝敗は観客とネットの投票で決まります。ファン数では雪村さんの方が圧倒的に多くて……」

……。なぜ？　一体どうして……」

来愛は心底理解できない様子で、

「どうして雪村さんはここまでひどいことをするんでしょう？」

「――わからない」

《雪の女王》と呼ばれてるつるぎだが、今までこんなマネはしなかったはず。

心菜をプレッシャーで追いこんで、心をすり減らす、計算し尽くされた策略。

直感型のつるぎらしくない一手だ。

「しかも準備期間は1週間しかありませんでした。雪村さんは『一度演じた役なんだし、セリフは一字一句憶えているでしょう？』と言っていて……」

「…………」

「雪村さんほどの才能があればそんな神技も可能でしょう。けど、鏡さんは……」

「もういい、来愛」

ぽんと、妹の頭に右手を乗せてなぐさめる。

「さっきも言ったけど落ちこむな。本当に、おまえは何も悪くないんだ」

「………っ！　兄さんっ」

責任で潰れそうなのは来愛も一緒だったんだろう。

妹は目を潤ませて……ああ、元気づけなきゃな。来愛は本当に何も悪くないしさ。

「すみません、今の私はSランクらしくありませんでした」

「仕方ないさ。ただ――母さんからアドバイスが届いてる」

「えっ!?　ほ、本当に？」

「『一度舞台の幕が開いたら脚本家には何もできない。もしできることがあるとすれば、

自分が書いた物語と役者を信じるだけ』だってさ」

「…………！　あの母さんがそんなことを……？」

「悪い。嘘だ。今のは俺からのアドバイス」

「なっ⁉　……もう、こんなときにまで嘘だなんて。でも……ふふっ」

今のセリフ最高です！　と言って。

来愛は自分の両頬をパンと叩いて気合を入れた。

「私は準備があるので舞台に向かいます。兄さんには鏡さんのフォローをお願いしてもいいですか？　本番前で緊張しているでしょうし」

「任せてくれ。主演を輝かせるのが、バイプレイヤーの役目だ」

「――はい！　それでこそ兄さん、私の推しです！」

そう言って、来愛は足早に教室から出て行った。

――さあ。

心菜に会いに行こう。

ここからが俺にとっての本番だ。

「あっ、英輔！　待ってて？　今いいとこだから！」

響いたのは明るく元気な声。

オーディション会場である劇場に用意された鏡心菜の楽屋。

そこで心菜は一人、椅子に座ってスマホをタップしていた。

「何してるんだ？」

「えっ⁉　パズルアプリ！　あと少しでハイスコア更新……あ〜！　もう、話しかけるからミスっちゃったじゃん」

心菜はスマホをテーブルの上に置く。

そして、いつものイタズラっぽい笑みを浮かべてから、

「そんなにアタシと話したかったの？」

「当たり前だろ」

「わっ、気づかってくれてありがと！　大丈夫！　つーちゃんの申し出にはビックリしたし、今日のオーディションはぶっつけ本番。けどね⁉　アタシはあきらめては——」

「心菜」

強引に、彼女の嘘を断ち切る。

「強がらなくていい」

「………っ！」

心菜は一度大きく震えた。

その後で、ためこんでいたものを吐き出すように深く息を吐く。

「……そうだね。キミの前でまで演技しても仕方ないか」

「体調は大丈夫か？」

「バッチリ。さっきトイレで胃の中身全部戻してきた。緊張しすぎて、本番中に戻しそうだったからさ」

「……バカ。それのどこが大丈夫だ」

「あはは……情けないね。油断したら英輔にまでグチを言っちゃいそうで――」

「グチぐらい、いくらでも聞く」

「えっ……英輔……？」

戸惑う彼女に、俺は自分の推理を突きつける。

「スタ、ス、スター女優になる。そ、そ、そのために心菜はずっとがんばってきたんだろ？」

「…………っ！　……き、気づいてたの？」

ひどく驚く心菜。カマをかけたんだが、当たってたようだ。

「……全部、英輔の言う通り」

少しでも本番前の不安をまぎらわせるためだろう。

女優は重い口を開く。

「アタシ、つーちゃんと初共演してから自信をなくして……」

「……」

「今の自分じゃつーちゃんやお姉ちゃんに並び立てるスターになれないって落ちこんだ。その結果しばらく仕事もできなくなって……ますます二人に置いていかれた。でも……」

「……でも？」

「信じてくれるかわかんないけど……中3のとき、知らない番号からスマホに電話があったんだ。聞こえてきたのはアタシと同い年くらいの女の子の声。その子はこう名乗ったの。

——『情華』って」

「……！　その名前……」

「英輔も聞いたことあるかな？　出会えば役者として成長できる女の子の都市伝説」

「……」

「もちろんアタシは信じてなかったけど……情華は、アタシのすべてを言い当てたの」

「すべて？」

「アタシがスター女優に憧れてること。つーちゃんと共演したことで焦ってること。そしてこのままじゃスターになれないって悩んでること……全部」

そこで心菜は楽屋の鏡に目を移した。

鏡面に写っているのは、ギャルっぽい黒髪の少女。

「『計算しながら芝居をする。それがきみの演技でしょ？』って情華は言った。そして『今回も計算すればいいさ。きみが目指すのはスター女優。いわばヒロインだ。その結末から逆算して、最適解となる出発点を導き出せばいい』って笑ったの」

「……………」

「情華のアドバイスを聞いてアタシはハッとした。物語のヒロインが輝くためには、欠かせないロジックがある」

「ああ。『雪の女王』のゲルダもそうだな」

アンデルセンが書いた『雪の女王』は世界的な知名度がある。なぜ？　童話だから？　作者が有名だから？　どれも違う。

　世界中の人間が等しく憧れるのは、逆転劇。

　一度逆境に落ちたゲルダが絶対的な存在である雪の女王の元へと向かい、彼女から大切なものを奪い返す。

　その鮮やかな逆転劇（カタルシス）に誰もが憧れる。

「もっと有名な童話だと、『シンデレラ』だね」

「逆境にいる人間が幸せを手に入れる。そのロジックの中で少女がヒロインになる」

「それと同じで、アタシもヒロインになろうとしたワケ」

今の心菜（ここな）は劣等生で、テストも赤点ギリギリ、実技の授業もサボる。

週刊誌にも映画が原因でスランプになったと書かれた。

だが、役者としての壁にぶち当たって落ちぶれたと周囲が思いこんでいるからこそ、

「逆境から返り咲けば、カタルシスが生まれる」

そう、ストレートで打者を打ち取るには、前振りの変化球がいるのだ。

「……みんな、失敗した誰かが復活する王道展開が大好きだもん。それにアタシはつーちゃんやお姉ちゃんと舞台で並び立つことをあきらめたくなかったの」

「でも、情華（じょうか）の考えに乗るだけじゃダメってわかってたろ？」

「うん。逆境から返り咲くにはふさわしい舞台がいる。舞台（チャンス）を活（い）かす実力もね」

「………」

「だから芝居が嫌いになったフリをしながらも、個人稽古（けいこ）は続けてきた。そんなとき、来愛（くれあ）からリアリティショーの出演依頼がきたワケ」

「晴れ舞台にはピッタリだったってことか」

「企画者も共演者も豪華だもん。最高のチャンス。そこでアタシは今まで封印してた本気

の演技を解放する。そして……」

「立ち直ったヒロインを演じる。そうすれば……」

「みんなの心を虜にできる。『役作りのためならなんだってするべきだ』って情華も言ってたしね。でも……さすがにこれは計算外だったなぁ」

アタシ、やっぱつーちゃんに嫌われてるんだね……と心菜はあきらめたように笑った。

無理もない。準備期間はほぼないし、敵は雪村つるぎ。

無名から一気に銀幕スターへと上り詰めた、それこそ正真正銘のヒロイン……。

「──そんな顔するなよ」

心菜をはげますために、俺は笑った。

けど、笑えてない。

楽屋の鏡に映っているのはあきらかにぎこちない作り笑顔。

「あんたがそんな調子じゃ、俺なんて緊張で死んじまうぞ」

「えっ……」

「つるぎが指定した俺の役はカイ。ゲルダに比べれば脇役だけど重要な役だ」

「……」

「それに映画でカイを演じたのはあの《女帝陛下》だぜ？　あいにく俺はスター俳優じゃない。勝ち目は限りなくゼロ」

「ただ、計算してみろよ？　俺と鏡妃希。そして、あんたとつるぎ。どっちの勝負の方が逆転劇が起きる確率が高いと思う？」

「それは……」

「あんたとつるぎだろ？　芝居はポーカーと一緒だ。最後まで何が起きるかわからない。たとえ手札がブタでも、演技次第でかちゅ……」

「……。……かちゅ？」

「……勝ちを拾えることもある。だ、だから、あー……えっとだな……」

「――ふふっ。……あははっ！」

心菜の表情がほぐれた。

その顔からは少しだけ重圧が消えている。

「今わざとかって思うくらい噛んだよね!?　俳優なのにカッコイイこと言おうとして噛んだでしょ！」

「そ、それは言うな」

「ふふっ、そっちも本番前で緊張してるみたいだね。なのにアタシをはげましてくれるなんて……マジありがと！」

「心菜……」

「たしかに英輔の言う通り。英輔とお姉ちゃんに比べたらまだアタシたちの勝負の方が番狂わせ起きそうじゃん！」

「はっきり言うな。せっかく元カレらしくはげましたのに」

「先に言ったのは英輔だも～ん。おかげでちょっぴり元気出たよ」

「そっか。なら、俺は出てった方がいいな？」

「――うん。気づかってくれてうれしい。今は少しでも集中したいから、自分の楽屋に戻ってもらえると助かる」

心菜はテーブルの上に置かれた台本に目を向けた。

その瞳には活力が戻っている。

「じゃあ、舞台で会おう」

「だね。またね、英輔！」

主演女優に別れを告げてから俺は楽屋を出た。

人気がないことを確認した後で、廊下の壁に背中を預ける。

「さて、どうするか」

正直な話、俺の目的はほとんど達成された。

本番でがんばる必要なんてどこにもないが……。

「舞台で並び立つことをあきらめたくなかった……か」

さっきの心菜の言葉。

何年も前にテレビで見た鏡心菜の姿が脳裏で蘇る。

ここにゃんなんて呼ばれて笑顔と明るさを振りまいていたが、瞳の奥にはスターへの憧れとギラついた野心を隠していた。

「だからこそ俺はファンになったんだよな」

それに、さっきのセリフには心の底から共感できたよ。


俺にも舞台で並び立ちたい相手がいる。


たとえどんな手段を使っても、だ。

(そしてリスクが高いし、かなりの賭けになるが——心菜を助ける方法はある)

心菜は俺の元カノ役。

別れても恋人に恋い焦がれてる少女を演じ続けた彼女だからこそ、使える策がある。

ならば、俺が今夜切るべきカードは——。

第7幕　劇突

【見て、カイ！　この薔薇とっても綺麗！】

ゲルダ役の鏡さんのセリフで、舞台の幕は開きました。

急遽決まったっていうのに千人以上入る劇場は満席。

公開オーディションでこれは異例のことだと私は思う。なにせ舞台美術もなく、役者たちは制服姿のまま。音響すら存在しません。

今日のオーディションで演じられるシーンは三つ。
①物語の冒頭。
②雪の女王がカイを連れ去る場面。
③ラストシーン。
スポットライトに照らされた舞台に立つのは兄さんたち三人だけ。

それだけの要素しかないにもかかわらず、ここまで人が集まったのは雪村さんの人気が一番大きいでしょう。それに……。

『100%、勝つのは雪村だな。映画でも女王を演じてる』

『それは鏡さんも一緒じゃない？』

『でもさ、あの映画で目立ったのって陛下と雪村だったよね？　鏡は一番出番が多かったけど、二人に喰われてた』

『今日も勝てるわけないよ……鏡さんってあの映画の後からどんどんメディア露出が減って、落ちこぼれになっちゃったんだし』

『しかもカイ役がCランクの七光りじゃ、絶望的だろ……』


本番前、私がいる席の周りはそんな会話でかなりざわついていました。

観客やネット層は雪村さんの勝利を疑わないでしょうね。

それでも――。

【今日はとても寒いわ。ねえ、カイ。風邪を引かないように気をつけてね？】

鏡さんはどこまでも可憐でした。

ゲルダは雪の女王の対極。

氷を溶かす太陽の明るさを持った女の子。

【ああ。きみの方こそね、ゲルダ】

カイ役の兄さんも笑顔ですが、ゲルダほどのキラキラはありません。でも……。

（それがすばらしい！）

主役が映えるように自然に存在感を抑えている。

自然すぎて妹である私以外は演技だと気づけないでしょう。

映画の広告塔として天真爛漫なカイを演じた鏡妃希とは真逆の芝居。一見、感情が希薄で下手に見えますが、ヒロインの光らせ方としては１２０点。

【あっ！　雪よ！　雪が降ってきた！】

兄さんのサポートに応えるように、鏡さんが客席を振り向き笑顔を作りました。

（……すごい。計算し尽くされた完璧なタイミング）

コンマ数秒の狂いもない絶妙な演技。

ずっと見ていたいと観客に思わせる、華やかな笑み。

その証拠に客席のあちこちからざわめきが。

「……鏡は昔ゲルダを演じたけど、映画だろ？」

「映画撮影と舞台演劇じゃ全然違うのに……」

そう、映画と舞台の芝居は、まったくの別物。

（演劇ではよりわかりやすく感情を表現する必要があるし、自分を追いかけるカメラでなく、舞台上を移動しながら観客を引きこむ必要があります）

けれど、鏡さんはいとも簡単に演劇仕様の芝居をこなしていました。

それは兄さんも一緒。通し稽古すらしてないのに、二人はたった数分で観客たちを虚構の世界へと招き入れたのだ。

【痛っ!? 胸に、何かが……!】

兄さんが悲鳴をあげます。

空から降ってきた悪魔の鏡の欠片が、カイの心臓に刺さったのだ。

【……カイ? どうしたの、カイっ!】

ひどく心配そうに駆けよるゲルダ。

演技と思えないほどにリアル。

観客たちからそう見えるように計算し尽くされた表情、仕草、舞台の使い方で――。

【うるさい! 僕に触るな!】

「!?」

突如、カイが豹変。その変貌ぶりに観客が驚愕します。

純真な少年からはかけ離れた暴力的な冷淡さ。

欠片のせいで、性格が冷たく変わったのだ。

【きゃっ!?】

カイに乱暴に振り払われて倒れるゲルダ。

思わず怪我の心配をしてしまうほどに、大胆な受け身。

【カイ！　どこへ行くの!?　お願い、待って……カイ！】

倒れたゲルダを一切気づかわずに舞台袖へと去るカイ。

それを追って、ゲルダも駆けていった。

暗転。

これにて一つ目のシーンは終了。

「……オ、オイ。鏡ってここまで上手かったのか……？」

「……カイがCランクだからそう見えるだけだろ？　ハリウッド女優の息子にしちゃ地味だ。陛下のカイの方がずっと目立ってて……」

「けど！　今日の鏡さん、この前のエチュードよりもさらに可愛く見えるよ！」

客席から大きなどよめきが。

Eランクがこれほどまでに正確無比なゲルダを演じたのはかなりの衝撃だったはず。

奇跡の逆転劇の可能性に劇場の温度が急上昇。

(その証拠にCランクの兄さんがとんでもない好演をしたことに誰も気づいていない……

いいえ、気づかれないラインを見極めて、兄さんは演じ切っています)

二人の芝居はどこまでも見事でした。
きっと全員がこう思っているでしょう。
今日勝つのは鏡心菜かもしれない。
だけど……。
――冬が来ます。
すべてを凍り付かせる、冬が。

照明が再び灯る瞬間、アタシは舞台袖から劇を見守っていた。
このシーンにゲルダの出番はない。
舞台に立つのはカイ役の英輔。そして――。

【――凍えているのかい？】

その瞬間、全身に鳥肌が立った。
劇場全体が凍り付いたんじゃないかと錯覚すら覚えるほどの重圧。

声に気づいたカイがアタシがいるのとは反対側の袖を見つめる。

そこから現れたのは、雪の女王。

【おや。おまえ、いい『冷たさ』を持っているね】

威風堂々としたオーラ、優雅だが冷たい微笑み、そして大人びた麗しい声。

客席が一瞬でどよめき、女王に視線を殺到させる。

（……映画のときとはケタ違いだ）

中学時代には演じられなかった、麗しき大人の女王。

たった数秒でつーちゃんは観客の心を魅了していた。

【なんて、美しい……】

英輔のセリフを聞いて、アタシはハッと我に返る。

それは観客も一緒。恐ろしいことに英輔以外、全員が見とれていた。

服装はいつもの制服姿。にもかかわらず、頭の中ではドレスとティアラで着飾った純白の女王の姿を簡単にイメージできてしまう。

「す、すげえ！」

「こんなの反則だろ……」

「綺麗……！」

本番中だって言うのに客席から驚嘆と感嘆が。カイと同じように誰もが雪の女王に心を奪われてる。だけど……。

（いくらなんでも輝きすぎよっ）

これじゃ主役(アタシ)が喰(く)われる。

英輔(えいすけ)のスタイルは、共演者を光らせる芝居。

アタシのスタイルは、自分が輝いているように魅せる芝居。色んな情報を計算して、現状にピタリとはまる演技(ピース)を表現する。

つーちゃんのスタイルはそのどちらとも違う。

圧倒的に輝いて、自分以外の光を喰らいつくす芝居。

主役を演じる上でこれ以上のハマリ役はいない。

（きっとつーちゃんは計算なんてせず、直感のままに演じてる）

人間離れした美貌(びぼう)と怪物的な演技力があれば、どうやって自分を光らせるか考えなくていいワケ。

ただ、問題はつーちゃんが今演じてるのが主役じゃなく、悪役ということで——。

【おまえ、気に入ったわ】

【えっ……】

【私と共に来なさい。家族も、友だちも……大切なものは何もかも捨ててね】
瞬間、アタシは「やめてっ！」と叫びかけて思わず両手で口を押えこんだ。
「……何してるの、アタシ？」
今本気でカイを……大切な友だちを連れ去られると思った。
こんなに誰かの芝居に引きこまれたのは初めて。
それは観客も一緒。もはやこの劇場は女王の庭だ。
みんなゲルダのことなんてすっかり忘れてる……。
「うっ……」
——逃げたい。
情けないくらいに体が震える。
この後のラストシーンに女王は出てこない。原作でも城から出て行ってしまっている。
登場するのはゲルダとカイだけ。
（でも……アタシに演れるの？）
こんなもの見せられた後じゃアタシの演技を見てもみんなの心は冷え切っちゃう。
（だったら……いっそ逃げれば？）
あの、か、い、あのときみたいに。
「……っ」

——そうだ。

教室で演じた英輔とアタシの出会いのエピソード。

シナリオを書いたのは来愛だけど、全部フィクションってワケじゃない。

つーちゃんのときと同じく、アタシの話を参考にしつつ書いてもらったのだ。


アタシがパーティーから逃げたのは中2のころ、映画『雪の女王』の公開直後。

パーティーで聞いた言葉は、今でも鮮明に思い出せる。

『心菜ちゃん！　ゲルダの芝居、すごくよかったよ！』
ウ、ウソだ。
『お姉さんや女王役の子にも負けてなかったわ。さすが天才子役ねぇ』

ウソだ、ウソだ、ウソだ。

『きみの将来は約束されている。きみはトップ女優になるんだ！』

あはは、みんな、私を誰だと思ってるんですか？

プロの子役ですよ？　お世辞の芝居なんか一瞬で見抜けます。落ちこんだ私に媚びを売って取り入ろうとする、スポンサー関係者の下手な演技ならなおさらです……。

中2のアタシは完璧な作り笑顔で大人たちに返事をした後で、会場から逃げ出した。

一人ぽつんと冬の寒空を眺めてたっけ。

もちろん、誰も救いには現れなかったよ？

フィクションでは英輔が王子様みたいに登場してくれたけど、現実の鏡心菜の元に助けはこなかった……。

星も見えない闇空が泣きたいくらいにさみしかったな。

（けど……あのときは逃げてよかったって思ったよ？）

自分が喰われた芝居の称賛を聞かされるより何倍もマシだもん。

だから、今日も逃げよう？

アタシのゲルダはつーちゃんの女王に喰われて――。

「!?」

うつむきかけていたアタシの呼吸が一瞬止まる。

英輔が袖にいるアタシを見つめていた。

観客にバレないようにこっそりと、まるで何かを伝えるみたいに――。

『芝居はポーカーと一緒だ。最後まで何が起きるかわからない』

「………っ！」

楽屋で聞いた彼の言葉がフラッシュバック。

あのときの英輔（えいすけ）の笑顔はぎこちなかった。すぐに作り笑顔だってわかったっけ。

（それでも英輔はアタシをはげましてくれたんだ）

セリフを噛（か）むなんてミスをしながらも、昔好きだった元カノを元気づける元カレみたいに、ただ本音で――。

「――うん。キミの言う通りだね」

小声でつぶやいてから、英輔の視線にうなずく。

芝居は最後まで何が起きるかわからない。キミはそう言いたいんでしょ？

「そうだ、今のアタシはゲルダ」

ゲルダはカイを連れ去られてもあきらめなかったじゃん。

涙をぬぐい、絶望に立ち向かい、長く厳しい旅の果てに、カイが囚（とら）われた女王の城へとたどり着いたんだ。

アタシも最後まで演（や）り切ろう。

そう、彼の言う通り芝居がポーカーと一緒なら……。

「それこそ演技次第でなんとかなるかも（ポーカーフェイス）」

暗転。

二つ目のシーンが終わり、舞台が闇につつまれた。

「──さあ、ラストシーンだ」

闇の中でアタシは覚悟を決める。

暗転した舞台にスポットライトは灯っていない。

あの夜に眺めた闇空と一緒。

だけど、英輔がくれた勇気がアタシを照らしてくれている。

【カイ！　やっと会えたわ、カイ！】

ラストシーンが始まり、ゲルダのセリフを聞いた瞬間、私は少し驚いた。

「さすがは元天才子役と言ったところかしら」

客席に聞こえないよう、小声でつぶやく。

舞台にいるのは鏡心菜と柊木英輔。

私こと雪村つるぎの共演者たち。

私の女王は確実に鏡さんより観客の心を奪った。

ゲルダを喰らいつくしてやったわ。

なのに――鏡心菜はあきらめていない。

それどころか……。

「さっき以上にいい表情だわ」

袖から眺めながら感心する。私の出番の後にやる気をなくして芝居を放り出す役者は多い。とても残念なことに、私と並び立てる役者はそうはいない。

「けど、今の彼女はまるで本物のゲルダね」

愛しいカイを取り戻すために、果てしない冒険を乗り越えたタフな少女。

――何があったの？　いつもの鏡さんと違う。

ロジカルな演技の中に混じってる『何か』を感じる。

「でも、まだ足りないわ」

観客も鏡さんの変化を感じてはいるけど、頭からは私の芝居の残像が消えていない。

ゲルダの笑顔は温かいが、女王の氷を溶かすまでには至らない。

「勝つのは私よ」

今日もえーくんの助演はすばらしかったけど、私の勝利は揺るがない。

まあ、それは私にとって残念な展開でもあるのだけれど……。

【――きみ、誰？】

その瞬間、私は女優としてありえない失態を犯した。

舞台袖で「えっ!?」と大声を上げてしまったのだ。

幸い、観客には気づかれなかった。

客席からも、大勢の驚愕の声が響いていたから。

【きみ、誰なの？】

笑顔で訊ねたのは、カイ。

悪魔の鏡の欠片のせいで性格が変わってしまった少年。

彼は雪の女王と共にいたことで心が凍り付き、ついに記憶すらなくしてしまったのだ。

そんなストーリーはわかっているのに……！

【ゲ、ゲルダよ！　私がわからないの!?】

カイの言葉にひどく驚愕するゲルダ。

観客にはわからないだろうが私には感じ取れた。本気の驚きも混じっている。

動揺を押し殺しながら、必死に芝居を続けている。

【へえ。ゲルダって言うんだ。いい名前だね】

私たちの驚愕（きょうがく）の元凶は、柊木英輔（ひいらぎえいすけ）。

（今までの助演（スタイル）とまったく違う……！）

このシーンのカイを演じる上では、いくつか方法がある。ゲルダが誰かわからず困惑する。もしくはあえてゲルダに明るく接して悲劇性を演出。しかし……今カイが浮かべている表情は、そのどちらとも違う。

虚無。

虚（うつ）ろで人形じみた微笑（ほほえ）み。

生気をまったく感じない。

それこそ雪の女王に心を凍らされ、記憶を失（な）くしてしまった少年。

人の形をした抜け殻。

虚無（きょむ）そのものの笑顔。

恐怖すら覚える怪演……。

「ひっ……！」

あまりの恐ろしさに悲鳴を上げかけて、私は口元を押さえた。

（落ちつきなさいっ）

これは本物じゃない、ただの演劇よ！　そう言い聞かせるが目から入ってくる映像がその言葉をはねのける。

柊木英輔が作り出した虚構は、現実にしか見えなかった。

「──ああ」

──ずっと会いたかったわ、え──くん。

舞台袖で心から感嘆する。

ようやく、本当の彼と会えた気がした。

「んんっ……！」

背筋がゾクゾクと震えて、思わず吐息がこぼれた。

今まで感じなかったのに、胸が高鳴るほどに体中がシビれてる。

彼が持つ風格。

役者としてのオーラに。

（どういうこと!?）

ゲルダを演じつつもアタシの頭は困惑でいっぱいだった。

ここにいるのは英輔（えいすけ）でもカイでもない。

まるで人形。

記憶を失（な）くし、感情すら消失した、ただの抜け殻……。

【そんな……カイ。私を忘れてしまったの？】

——冷静になれ、この演技から逆算しろ。

英輔は最高の助演俳優（バイプレイヤー）。

いつも主役を輝かせてくれる。

（だからこの演技も、主役を光らせるための助演）

到底そうは思えないけど、今はこの瞳にうつる映像よりも、英輔を信じる！

【私はゲルダっ！　あなたの友だちよ！
きっとあなたは雪の女王に連れ去られたせいでおかしく……っ！】

予定よりも声を張り上げる方に演技を修正対応（ギアチェンジ）。

計算だとこの方が今のカイとの対比になって、観客の印象に残るはずで——。

【なら、証明してくれない？】

【えっ……】

【僕ときみが友だちだってことをさ。たとえば僕との思い出を語るとか】

虚ろな笑みを浮かべたまま、英輔は言った。

（……怖い）

心底恐ろしい。どうやったらこんな表情を作れるの？　こんなのお姉ちゃんにもできなかった。きっと観客も同じ気持ちだ。みんな声一つ出せずに英輔を見つめてる。

しかも今の英輔のセリフは脚本にはない、アドリブ。

だけど――。

【――わかったわ】

もう二度と喰われたりしない！

客席の注目は英輔に殺到しているけど、主演女優はアタシ。

助演が舞台で目立つなら主演はそれ以上に目立って、逆に喰らいつくすだけ。

（そのための数式は、たった一つ）

アドリブ×アドリブ＝即興劇。

【アタシとカイはすごく仲がよかった……。

あなたがここに連れ去られる前も、二人で遊びに行ったのよ⁉】

つーちゃんのアドリブに追いつけなかった経験を活かせ。

ゼロから創作したらテンポが遅れる。

現実にあった出来事を元に、最速最適最高の物語を構築しろ。

【街にきたサーカスを見に行ったの！　けど、あなたったら前日に徹夜していて。

そのせいで公演中に居眠りしちゃって……】

そう、これはアタシと英輔のデートの思い出。

実際に行ったのは映画館だ。

【しかも、私によりかかったと思ったら……そのまま倒れた。

今度は私のひざの上で眠り始めて、あのときはすごく恥ずかしかったわ！

周りのみんなが微笑ましそうにクスクス笑ってるんだもの！】

でも、すごく幸せだった。

頭の中がキミのことでいっぱいになったの。

来愛から『雪の女王』が演目になったと知らされてもデートを続けたのは、少しでも恋人役と一緒にいたかったから。

キミのそばにいれば、元気をもらえる気がしたんだ。


【サーカスが終わった後は二人で夕食を食べに行ったわ。

ただ、うっかりお財布を忘れたあなたがあわてて、なんだか可愛かった】

行ったのはお高いホテルのレストラン。

「初デートだし割り勘ね♪」と笑ったら、キミは「そ、そうだな」とひきつった顔でお財布の中身を確認してたっけ。

ママの知り合いの店で最初からタダだったんだけど、ウソつきなキミをからかえたのがなんだかうれしかった。


【ディナーの後は二人で星を観に行ったの。

思い出せない？　私たちだけの秘密の場所よ。

空いっぱいの星がとっても綺麗だった……。

あなたも『今日はきみと一緒にいれて幸せだった』って笑ってくれたわっ！】

東京の空に星は輝いていなかった。

アタシたちが見た光は街の灯(あか)り。レストランの後に行った夜景スポット。

そこでアタシたちは色んな話をしたよね？

互いの趣味、好きな映画や演劇、家族について。

元カノと元カレ役を演じるには互いのことを知る必要がある。そんな建前もあったけど、アタシはキミのことがただ知りたくてたくさん言葉を交わして……。

『う～ん、次に聞きたいのは……ねえ、英輔(えいすけ)。今日のデート楽しかった？』

『当たり前だろ。心菜(ここな)ががんばってプランを立ててくれたしさ』

『映画館では寝てたのに？』

『うっ……悪い』

『あはは、そんなに謝らないで！　結果的にはよかったしさ。それに今日はアタシもすっごく楽しかったよ？　一日だけでもキミの恋人役になれて、とっても幸せだった！』

『ああ。俺も心菜と同じ気持ちだ。ただ、すまん』

『ん？　なんでまた謝るの？』

『名前をたくさん呼ぶだけじゃ今カレ役として失格だろ？』

『えっ……』

『心菜が今日俺に何度も言ってくれた言葉を言ってなかった。だからここで言わせてくれ。

『――大好きだよ、心菜』

そう言って、照れくさそうに笑ってくれた。

たとえ演技だってわかってても、あの笑顔と告白には最高に胸が高鳴って――。

【教えてくれてありがとう】

カイは笑顔でゲルダにお礼を言う。

そして、笑ったままで、

【ただ、僕は何も憶えてないんだ】

【えっ……】

【きみが語った思い出なんて、何一つね】

【そ、そんな……っ】

本当に忘れちゃったの？

あんなにたくさん写真も撮ったのに。

寮に帰った後もアタシは何度もアルバムを見返して、幸せな気分になった。

本物の恋人みたいに仲良くする二人。

なのに彼は何も憶(おぼ)えてない。デートの思い出も、あのとき感じた幸せも、「大好き」って言ってくれたことも、アタシのことすらも……！

【……嫌っ】

気づけば、アタシの目は潤んでいた。
このシーンでゲルダは涙を流さなくちゃいけない。
アタシは女優だ。
涙なんて数秒で流せる。
けど、今瞳を潤ませているのは、本物の涙。
【お、お願い、私のことを思い出して……っ！】
嗚咽（おえつ）混じりの声で必死に呼びかける。
肩をつかむとカイはがくっとその場に崩れ落ちた。
生気のない顔。小さくなる呼吸。徐々に閉じていくまぶた。
今にも死んじゃいそうで……。
【ダメっ！　まぶたを開けて!?　このままじゃ体まで凍り付いて死んじゃう！】
倒れたカイを抱き起しながら全力で叫ぶ。
すると、カイは消え入りそうな声で、
【きみは……なぜこんなに僕を気づかってくれるの？】

【えっ――】

そんなの決まってるよ。

楽屋でキミは「俺はスター俳優じゃない」なんて言った。

けど、たとえスターじゃなくても……。


キミはアタシを導く星になってくれたの。


この舞台に立てたのもキミのおかげ。

闇空で輝く恒星みたいに、アタシに色んな光をくれた！

（だからこそアタシはキミを助けたい。いつかスター女優になって今度はキミのことを照らしてあげたい。もし道に迷ったら導いてあげたい）

この想いの答えを求めるのに数式はいらない。

アタシがカイを……英輔を助けたいのは……！


「――あなたのことを、愛してるからっ！」

その瞬間、静かに。

アタシの瞳から大粒の涙がこぼれた。

透明な雫が英輔の胸を濡らす。

沈黙。

劇場が凍り付いた後で――。

【――ゲルダ？】

英輔の表情が変わった。

今までの虚ろさがウソだったように生気が戻っていく。

ゲルダの涙がカイの胸に落ちて、悪魔の鏡の欠片を洗い流す。

愛情の涙は凍り付いたカイの心すらも溶かす。アドリブが終わり、そんな童話の結末を思い出した瞬間――。

アタシは計算を忘れていたことに気づいた。

英輔の演技に引っ張られて、途中から感情のままに演っていた。

【ゲルダ！　会いたかったよゲルダ！】

歓喜の表情で英輔が叫んだ。

主役を光らせる最高の助演。

ここまで完璧なアシストをされたら――。

【――ええ。やっと会えたわ、カイ】

主演女優の商品価値を証明するだけ。

アタシはうれし涙を浮かべながらはにかんだ。そしてカイを強く抱きしめる。

これにて、終劇。

オーディションは終わった。

舞台の幕が下りるが、劇場は静まり返っている。

静寂。

体感したことのない余韻が続いた後で、ようやく観客の一人が虚構の世界から現実に帰ってきたらしい。

一人が拍手をすると、その音で観客全員が一気に我に返った。

大喝采。

「わぁあああああああああっ！」とものすごい歓声と万雷の拍手が巻き起こる。

経験したことのない興奮と多幸感が体中を駆け巡る。

幕は閉じてるけど、確信できた。

アタシは今までの女優人生で一番の芝居をしたんだ！

「おめでとう」

そこで話しかけてきたのは、つーちゃん。
袖から舞台に出た彼女は観客と同じように手を叩いていた。
「あなたの勝ちよ、ゲルダ」
アタシを役名で呼ぶ《雪の女王》の表情。
驚くことにそこには悔しさも怒りもなくて……。
（――ああ。そうだったんだね）
つーちゃんの目的はアタシを完膚なきまでに壊すこと。
演目が決まった時点でアタシはそう思ったけど……違ったんだ。
《雪の女王》は祝福の笑みを浮かべていた。
彼女の偽りのない喜びを見た瞬間、アタシは理解する。
つーちゃんは劇中だけでなく、現実でも悪役を演じてたんだ。

鏡心菜(かがみここな)をこのラストにたどり着かせるために——。

「最高の演技だったぜ、心菜」

鳴りやまない拍手の中で英輔(えいすけ)がほめてくれた。

あんな怪演をしてたとは思えない、いつも通りの笑顔で。

「そ、それはこっちのセリフっ！　なんであんな演技ができたの？　さっきのカイ、まるで本当に記憶を失(な)くしたみたいだった！」

彼にほめられて胸の中が幸せでいっぱいになりつつも、聞き返さずにはいられなかった。

すると英輔は「あー……あれは……」となぜか照れくさそうにしてから、

「心菜のおかげだ」

「えっ……ア、アタシの？」

「心菜のゲルダは最初からすごく可愛(かわい)かったけど、最後女王の城でカイを見つけたシーンはバツグンによかった」

「！」

「天才子役って呼ばれたころよりもずっといい芝居をしてたよ。だから俺もがんばろうって奮い立てた。Ｃランクの俺が立派にカイを演(や)れたんだとしたら、心菜に引っ張られたからだ」

「えーくん。そのセリフ、幕が開いたら観客にも言ってあげるといいわ」

「げっ。まあ、そうだな。恥ずかしいけど、その方が盛り上がるし、リアリティショーの宣伝にもなって来愛も喜ぶ……って、心菜？」

「……鏡さん？」

二人が名前を呼んだが、アタシは答えられなかった。

涙が止まらない。

こんなの初めて。英輔の言葉がうれしくてたまらない。お世辞なんかじゃないって伝わってきた。アタシの演技のおかげだって言ってくれたことがただ幸せだった……。

「……ありがとうっ」

アタシが今日いい演技ができたのは英輔のおかげ。

楽屋で勇気をくれた。

昔のお姉ちゃん以上の演技で魅せてくれた。

助演俳優として主演女優を輝かせるために。

だからアタシは本物の涙を流せたんだと思う。

(その涙がカイの心だけじゃなく、観客の心も温めてくれたんだ……)

いつものアタシだったら絶対に拒否したスタイル。

ロジックじゃなく感情に突き動かされる芝居。

——どうして、アタシは変われたワケ？

「あっ」

涙をぬぐいながら必死に考えて——答えにたどり着いた。

アタシが英輔の元カノ役だからだ。

付き合ってたときよりもずっと恋い焦がれているという設定。

だから英輔が迫真の演技で記憶喪失を演じたとき、ついゲルダじゃなくて元カノ役になりきって悲しんで、本物の涙を……。

「………っ！　……ねえ、英輔」

「？　どうかしたか？　もうすぐカーテンコールだぞ？」

訊ね返されて、結局アタシは「やっぱりなんでもないっ！」と誤魔化した。

英輔がすべて読み切って、アタシを動かしたんじゃないかなんて荒唐無稽な考えが浮かんだけど……さすがにありえないよね？

本番でヒロインを演じてる女優に、あえて別の役を演じさせる。

なおかつアタシに直感型の演技をさせるように誘導するなんて、常軌を逸してる。

（そんな神技、Sランクでもできっこないもん）

そうだ、絶対ありえない、きっとただの偶然。たまたまアタシが元カノ役になりきることができただけ。

（でも……なんでロジック型のアタシが役になりきれたの？）

映画館でほっぺちゅーしかけたみたいに、元カノを演じてるときは計算じゃない演技をしたこともあったけど……。

「オーディションなのにカーテンコールがあるってすごいな」

英輔の言葉通り、再び幕が上がっていく。

ずっと続いていた拍手がさらに大きくなり、観客がキャストを出迎える。

その祝福の中で——アタシは解答を導き出す。


『恋をすれば女優は変わるぞ』

お姉ちゃんがくれたアドバイス。

今のアタシには、その意味がわかる気がした。

第8幕　フェイクマン・ショー

「ご機嫌いかがかしら、ペテン師さん？」

　大盛況に終わったオーディションから3日後。

　夕方、学園から帰宅してリビングでくつろいでいたら、つるぎから電話がきた。

「あいさつにしてはずいぶん剣呑だな」

「あなたにはぴったりのあだ名だと思うけれど？　それよりたった今オーディションの投票結果が発表されたわ」

「俺も見た。結果は……」

「ダブルスコアで鏡さんの勝利。鏡さんの芝居が私を喰った結果ね」

「それだけじゃない。カーテンコールが終わった後で劇場出口にマスコミが集まってた。雪村つるぎのインタビュー目当てにな」

　彼女は集まった記者たちにこう答えた。

『今回のオーディションの演目を選んだのは私よ。鏡さんに不利な勝負を仕掛けたのは、これをきっかけに立ち直って欲しかったから。

彼女は私の幼なじみの元カノ。

複雑な感情を抱いているけど……初共演したときから、女優としては認めている。

だからこそ彼女がEランクなのが、ずっとはがゆかったの』

「あのインタビューで心菜の勝利は確定したよ。あんたのファンも、《雪の女王》は心菜のためを思ってあえて悪役を演じたと信じたのさ」

だからつるぎの意向を尊重したくて、心菜に票を入れたわけだ。

そして、心菜の方もインタビューに答えていた。

『実はアタシ、つーちゃんと映画で共演してから……ずっと芝居を嫌いになってた。けど……今日！　やっと思い出せた！　アタシは芝居に恋してるって！』

鮮やかな逆境からの返り咲き。

完璧にインタビューに応じた心菜は、まさに役者の鏡。演技じゃなくて本気の喜びも入ってたんだろう、それがさらに大衆の心に響いた。

翌日無料解禁されたオーディション動画の再生数は、たった数日で１００万回超え。

あっという間にＷＥＢを駆け巡り、テレビのニュースですら放映。

逆転劇が奇跡の復活劇に昇華されたわけだ。

「あのインタビューは本音よ。初共演のときから鏡心菜には負けたくないと思っていたわ。彼女の実力は認めていたもの」

「そうなのか？」

「あんな理詰めで疲れる芝居、私には到底無理よ……。数学は苦手なの。彼女のロジックには尊敬すら抱くわ」

「直感型女優らしい意見ってわけか」

「私にとって『芝居は殺し合い』。ただ殺すんじゃなくて、殺し合いたいの。だからこそ、私を殺すほどに光り輝くスターは大好き。そして鏡さんなら……」

「スターになれる。あんたは昔からそう思ってた。だからこそ……」

「劣等生のあの子が見ていられなかったのよ。才能を腐らせたくなかった。だから一度壊れるくらい追い詰めて、気合を入れ直そうとしたの。けど……そうか」

つるぎは後悔した様子でつぶやく。

「瞳がガラス玉なのは私の方だったのね……。長い間、彼女がやる気がないフリをしているのを見抜けなかったんだもの」

「……」

「彼女に謝罪するわ。役者失格は私の方だったと——」

「失格なんかじゃない。心菜もあんたも演技が上手すぎた。ただそれだけだろ？」

「……本当？　私の芝居、どうだった？」

「完璧だったさ。大差で負けたとはいえ、二人の芝居はほぼ互角だったよ」

「………。あなた、わかっていてわざとはぐらかしているわね？　私が聞きたいのはそういう意味じゃないわ」

ふうっと、つるぎは深く息を吐いてから。

「私の悪役ぶりはどうだった？　すべてあなたの書いたシナリオ通りに演じたつもりよ、えーくん」

「もちろん最高だったぜ、つるぎ」

鏡心菜の復活劇。

表舞台だけでなく、裏方でも暗躍していた『共演者』に、俺は心から賛辞を贈った。

「教えてちょうだい」

電話でつるぎが問いただしてくる。

「なぜあんなことを？　正直驚いたわ。私から柊木さんに連絡を取って、オーディション
の演目を『雪の女王』にさせる。そんな風にあなたが頼んでくるなんて」

「あんたがインタビューで答えた通りだよ」

「鏡さんを復活させたかった？　ならあなたから柊木さんに頼めばよかったじゃない」

「ダメだ。来愛はSランクだけど、女優じゃない」

「!?　そうか、柊木さんじゃ……！」

「俺が悪役をやるように命じても、心菜や他の生徒に演技を見破られる。最悪俺のシナリ
オも見抜かれる」

「……！」

「つるぎが一番適役だったのさ。Aランクの演技を見破られるヤツはそうはいない」

　だからデート前日、つるぎが家に来たときに行動を起こすことにした。

『つるぎって呼んでくれたら、映画鑑賞じゃなくあなたが好きなことをなんでもするわ』

　あの言葉に甘えて、有意義な頼みを叶えてもらったわけだ。

「Cランクなのにずいぶん頭が回るのね……。まあ、それは私が教室で鏡さんのエチュー

ドを邪魔したときから、わかっていたけど」

「やっぱりあのとき心菜に話しかけたのはわざとか」

「あなたの実力を確かめたかったの」

「ドッキリのとき、あえて来愛っぽくない演技をしたのもその一環だな？」

「……っ！　……そこまで気づいていたの？」

「スター女優らしくない演技だと思っただけさ。わざとミスをしたのは……」

「あなたが完璧にオーラを隠して凡人の演技をしてたからよ」

「……」

「けどオーディションではしっかり役者の……いいえ。曲者の気配がしたわ」

「俺だっていつも嘘をつくわけじゃないぞ？」

「そうね。鏡さんを復活させたい。えーくんが心からそう願っていたのは、嘘じゃないと思うもの」

つるぎはほんの少し微笑んでいるようだった。

「ありがとう、つるぎ。あんたは俺の頼みを聞いてくれた。ホントなら断ることもできただろ？」

『つるぎ』って呼ぶだけじゃ悪事の対価として安すぎる。

無論、つるぎに断られたときに切る策はいくつか用意してたが……。

「……断れるわけ、ないじゃない」

すねた子供みたいな反論。

音声通話のせいで、彼女の表情まではわからない。

「あなたに『つるぎ』って呼んでもらうことが大切だったのよ」

「そこまで言うか？」

「幼なじみ役らしいセリフでしょ？　それに有意義な体験だったわ。幼なじみの共犯者を演じるなんて、昔を思い出して懐かしい気分になったもの」

「………。オイ、それってどういう――」

「ああ、それとあなたに渡すものがあるわ」

「渡すもの？」

「ええ。スマホに送ったから、見てみて？」

「………」

つるぎの発言について色々考えたかったが、とりあえずスマホをチェック。

すると、画像が一枚届いていた。

タップして表示させると――。

自室のベッドの上で眠りこける俺。

その横に生まれたままの姿の雪村つるぎが添い寝していた。

どう見てもつるぎの自撮り写真。

上半身しか映ってないが、セクシーなグラビアよろしく胸の先端を隠してるだけで、真っ白でなめらかな肌と、頬を染めた恥ずかしそうなつるぎの表情がバッチリ写っていて……いや。

クラスメイトの裸体について鮮明に描写してる場合じゃない。

「……いつ撮ったんだ、ユッキー？」

「つるぎよ。撮影はこの前お泊りしたとき。翌日鏡さんに『私はえーくんと一夜を共にしたわ』って連絡したんだけど、知らなかった？」

「………」

「まぁ添い寝しかしてないし、あの子には写真を送ってないけどね」

たしかにあの夜は久しぶりの学園生活で疲労がたまっていた。

ベッドに座って映画を観たときに、数分だけ寝オチしたが……。

「私は女優。早着替えは大得意。数分あれば服と下着を脱いでベッドに忍びこんで自撮りをするには十分よ」

「とんでもないことを言うな。それより目的はなんだ？」

「今後はこの写真くらい過激なアピールをするって意志表明かしら。明日からついにリアリティショー……『キミの恋人オーディション』が始まるわ」

つるぎは真剣な口調で続ける。

「何千何万という視聴者の前で、どちらが魅力的な女の子か競い合う。番組タイトル通り、あなたの恋人役の座をかけた演技戦(オーディション)よ」

「……なるほど。つまり、あんたはこの写真みたいに──」

「すべてをさらけ出して挑むわ。鏡さんは私のライバルだし、あなたをオトすのも楽しそうだもの」

「いや、楽しそうって……」

「ふふっ。えーくんはドキドキしないの？」

動揺を隠すために黙っておく。

自撮り写真のせいもあってか、さすがに心臓がうるさい。

「他人の行動を読むのが上手(うま)いのに油断したわね。今回は私の勝利」

「あんたの奇行までは読めなかったさ」

「役者というのは相手が数分眠っただけで、全裸になってベッドインする生き物よ」

「そんな生き物はあんただけだ……。幼なじみ役だからって、やりすぎじゃないか？」

写真を公開するぞ、とつるぎが俺を脅迫するのは不可能。

逆に脅迫をくらうリスクが高すぎる。

こんなものが流出したらつるぎの女優生命は終わりだ。

「……ええ。実は……私もやりすぎだと思ったの」

意外にも《雪の女王》の声は羞恥に染まっていた。

「最初は送るつもりはなかったわ。あくまで自分用。えーくんのお家に初めてお泊りしたことを祝した記念写真よ」

「どんな祝い方だ」

「とってもうれしかったんだもの。それに、この前の舞台もうれしかった。——今まで共演者を殺す芝居だけをしてきたけど、誰かを活かす芝居も悪くないと思えたから」

「……」

「全部えーくんのおかげ。だから……この写真は、私からのお礼」

大事にしてね？　とささやいてから、つるぎは電話を切った。

「……まあ。色々と言いたいことはあるが」

つるぎの言う通り、明日から『キミ恋』が始まる。

その決定が下されたのは一昨日。

『来愛。結果発表はまだ先だけど、心菜の勝利は見えて──』

『はい！　今回は兄さんのおかげでどうにかなりました！　大好きです愛してます未来永劫推していきます！　脚本家としては、また雪村さんが暴走する前に一刻も早く番組を始めたいですっ！』


来愛とそんな会話をしたっけ。

さすが逸材、いつでも収録を始められる準備はしてたっぽい。

ただあの様子だと俺が黒幕だとは気づいてなくて……いや、それよりも。

「掃除くらいしとくか」

明日からこの家で心菜とつるぎと同棲。

若手女優二人が全力で俺にアピールしてくる。

そんな事実を思い知らされたせいか、掃除でもして気を紛らわせたい。

「しかし、さすがは雪村つるぎ」

一肌脱いでライバルの心菜に差をつけるとは。今回は慣れない学園生活の隙をつかれたが、同じミスはしないと誓おう。

それに女王様は「今回は私の勝利」と勝ち誇っていたが……。

「俺の嘘までは見破れなかったしな」

つるぎの推理通り、俺は心菜を復活させたかった。

けど、つるぎを使って心菜を騙した一番の理由は別。

すべては、情華についての情報を手に入れるため。

俺が何度も何度も聞いても、心菜が情華について話すことはなかった。

情華の口癖を心菜が言ったこと。

心菜が劣等生を演じている理由をひた隠しにしていること。

そして俺が推理した『あえて逆境に落ち、そこから復活してヒロインになる』なんて、いかにも情華らしい奇策。

(その三つから、情華が心菜と接触した可能性は高いと賭けたよ)

だから——追い詰めた。

つるぎを悪役に仕立て上げ、『雪の女王』を演目にさせたんだ。

心菜のファンだったからこそ、彼女があの映画で共演女優に喰われ、それがトラウマになってるって推理できたさ。

(案の定、心菜はボロボロにすり減っていった……)

そして本番直前に俺が気づかうと、心菜は不安をまぎらわすために情華について話してくれた。おかげで……。

最初は半信半疑だったが、情華が華杜（はなもり）学園にいると確信できた。

あいつはただ役者にアドバイスを送るだけじゃない。

幼い俺と一緒にいたときのように、最前列の特等席で助言した役者を観賞したがる。

――ただ……。

「………」

さすがに……心菜への罪悪感もあったよ。

だから彼女が元気になればと『緊張を押し殺して、ぎこちない笑顔でセリフを噛みながらも必死にはげます共演者』の演技をしたんだ。

俺の芝居を見て、心菜は立ち直ってくれて……。

「ん？」

唐突に玄関のチャイムが鳴る。

その後すぐにガチャリと鍵が開く音がして、

「あはは。カードが合鍵登録されたの忘れて、ついチャイム鳴らしちゃった」

現れたのは、鏡心菜。

一夜でヒロインへと返り咲いた女優は、照れくさそうに笑っていた。

「安心して！　マスコミにはつけられなかったから！」

リビングのソファに座った心菜は自慢げに胸を張った。

「鏡家秘伝のマスコミ警戒術を使ったんだ」

「どんな秘伝だ……。つーかどうした？　引っ越しは明日だろ？」

「英輔のことだから引っ越してくるアタシたちのために家の掃除でもするんじゃないかと思って、手伝いに来たんだ」

「えっ、ホントに？」

「夕飯も作ってあげる♪　昔お料理番組出てたし、任せて！」

片手で見事なピースサインを決める心菜。

相変わらずマジ気が利く。しかもやけにゴキゲンで……。

「あっ、単に俺が気が利かないだけか」

「え？　何が？」

「ほとんど結果はわかってたけど、一応発表は今日だったろ？　すぐに祝福できなくてごめん。──おめでとう、心菜」

「うん！　ちょーありがと～！　これも全部来愛、つーちゃん、そして英輔のおかげ！」

「いや、俺は……」

「謙遜しないで？　英輔がいたからアタシは最後の最後にヒロインになれたんだよ！」

「ヒロイン……か」

ラストシーンを演り切ったのがよっぽどうれしかったんだろう。

もしかしたらあの経験をきっかけに、心菜も直感型のスタイルに転向するかも……。

「そして、あのときの演技を計算で出せるようになることが、今のアタシの最適解」

「は？」

「この3日間、オーディションの動画を見て研究したの」

「研究って……」

「何十回も見まくった。ラストシーンのアタシがいつもより観客の心をつかんだのは冒頭から理詰めの演技を続けてたから。そして最後に直感型の芝居に切り替えたから、感情演技がさらに舞台映えしたんだと思う」

「……」

「だから、どうにかあの演技を出せるロジックを確立したい！　そうすればアタシは女優としてもっと上に行けるじゃん！」

「——ああ。その調子だぜ」

　思わず微笑(ほほえ)んでしまった。

　——いい意味でブレないな。この計算高さが心菜(ここな)の強さか。

　もはや彼女は勝負を左右する切り札(ワイルドカード)。

　華杜(はなもり)学園には情華(じょうか)がいる。心菜のようにこっそりあいつと接触し、アドバイスをもらった役者もいるはずだ。

（きっとソイツらは成長し、自分の名とランクを上げている）

ならば俺がすべきことは、ソイツらを油断させるためにCランクを維持したまま——。

「もっと人脈を増やす」

「？　どったの、突然？」

「心菜が目標を言ったろ？　俺も目標を言っとこうと思ってさ」

「う～ん、たしかに役者に人脈は大事だけど、来愛(くれあ)を頼ればいいんじゃん。あの子、Sランクだもん」

「妹には必要以上に頼りたくないんだ」

　人脈を増やせば情華と関わりのある高ランクの生徒と親しくなれる可能性は上がる。

ただ、来愛を巻きこみたくはない。

情華のせいでまた家族を危険にさらすのは、絶対に避けたい。

「わっ、偉い！　身内のコネを使わずに成長したいってワケか！」

「そんなとこだ」

「えへへ、だったら明日からの撮影もがんばろうね？」

「おう。俺たちで番組の評判を高めれば……」

「人脈なんて勝手に増えてくよ！　業界人は才能のある人間が大好きだもん！　それに英輔は学園どころかＷＥＢでも評判になってるんだよ？　Ｃランクにはとても見えないって！」

「カーテンコールで観客に言ったろ？　心菜に引っ張られたからあの演技ができたんだ」

嘘じゃない。

心菜の「舞台で並び立つことをあきらめたくなかった」って言葉には心底共感できた。

(力になりたい、応援してやりたいって強く引っ張られたよ)

情華の話を聞きだした時点で俺の目的は終わったが……終わらせないと決めたんだ。

正体がバレるリスクを負ってまで本気を出して、心菜の演技を引き出すことにした。

(心菜が役になりきり始めてることは、調理実習の時点でわかってたさ)

そして俺なりのカイを演じ切ったことで、読み通り心菜はゲルダから元カノに変化。

そこからはギャンブル。

心菜(ここな)が新たな引き出しを開けることに賭けたが、彼女は見事に勝利の女神となった。

あれならきっと、つるぎや鏡妃希(かがみきさき)と並び立つ願いも叶(かな)えられる。

「………」

そしてある意味、俺も心菜と一緒。

俺の目的は、情華と再び舞台に立つこと。

(あいつと並び立つ……いや、あいつ以上の役者になることだ)

だけどこの気持ちは憧れじゃない。昔あいつのことを好きだったからでもなく、心菜のように逆転劇を演じたいからでもない。

これは——復讐(ふくしゅう)劇だ。


『大好きだよ、英輔(えいすけ)』

遠い昔、情華(じょうか)は俺にそう告げた。

あいつは俺にとっての初恋。

芝居に……自分の好きなことのためならどこまでも夢中になれる彼女に魅力を感じ、惹(ひ)かれ、気づけば夢中になっていた。

その結果、俺は彼女に裏切られ、落とされた。

それは恋愛という名の奈落だったのだ……なんてシャレのきいたナレーションでもかかればよかったんだが、残念ながらそうじゃなかったんだ。

柊木英輔が落とされたのは、孤独。

本当の名前、自分の居場所、家族……情華のせいで幼い俺はすべてを失って――。

「……英輔？　大丈夫？」

ひどく心配そうな声で、ハッと我に返った。

「なんか怖い顔してるよ？　具合でも悪いの……？」

「心配してくれてありがとな。ちょっと寝不足なだけだよ。コーヒーでも淹れてくる」

誤魔化すために笑顔で言う。

そして、リビングから出ようとすると、

「――ウソ」

その声にピタリと足が止まる。

振り向くと、心菜が俺を引き留めるようにブレザーの袖をつかんでいた。

「今の演技でしょ？　英輔は何かを隠してる」

「……」

「キミと一緒にいて、わかってきた。キミはフツーの役者とは違う。規格外のCランク。すごく謎めいた男の子。そして、とってもウソつき」

「……」

「さっき来愛に頼りたくないって言ったのも、アタシが推理したのとは別の理由があるんじゃない？」

「それは……」

「けど……アタシは英輔がウソつきでもいいと思う。役者ってみんな、ウソつきだもん。映画、舞台、ドラマ……ジャンルが違っても、することは一緒」

心菜は真剣な表情で続ける。

「偽りの世界を、偽りの物語を、偽りの自分を観客に信じこませて楽しませる。現実を欺いて虚構を創り出す。そうやってみんなを幸せにする」

「……」

「世界一優しいウソつき。それが役者って職業だと思う。英輔のウソも一緒。キミはウソつきだけど、誰かを幸せにするためにウソをつくことが多いと思うの」

「心菜……」

「キミはまるでヒーロー。もしかしたら気づかないうちにアタシもキミのウソに救われてるのかも。英輔のそういうところ、心からすごいと思う！」

「だからあんまり一人で抱えこまないで？　さっきは妹に頼りたくないって言ったけど、元カノのことはいつでも頼っていいからさ！」

陽だまりのように温かくて、優しい微笑み。

嘘を見破るのが得意な俺にはわかった。彼女は本音を言っている。

でも……。

「……」

(——違う)

俺は優しくなんかないんだと心菜に告白したかった。

情華について知るために、あんたを追いこんだ。

あんたを復活させたい。

自分と同じ想いを抱くあんたを成長させたい。

俺とは違って純真なあんたを、トップ女優として輝かせてやりたい。

そんな気持ちがあったのも事実だ。

けれど、俺がしたことはあきらかに役者の範疇を越えている。

(そう、俺は役者じゃない)

ホントの俺は――。

「なあ、心菜」

彼女の笑顔と言葉にほだされたのか、俺は相談をすることにした。

「『雪の女王』の物語はゲルダがカイが救ってハッピーエンドで終わったよな。でも、終わらなかったら、どうする？」

「えっ」

「もしゲルダが涙を流しても、カイの心臓に刺さった悪魔の鏡の欠片が消えなかったら、あんたならどうする？」

ひどく比喩的な質問だったが、間違っちゃいない。

芝居がかった表現だけど俺の心にも欠片が刺さっている。

情華という悪魔が落とした欠片が。

「う～ん……」

心菜は腕を組んでしばらく考えこんでから、「あっ！」と表情を輝かせた。

そして、スタスタと俺との距離を詰めて、

「欠片……つまり、ピースだよね？」

「まあ、直訳すると」

「だったらカイにしてあげることは一つかな。涙を流しても悪魔の鏡のピースが消えないのなら――」

それは、あまりにも突然の出来事。

心菜が俺にキスをしていた。

「!?」

さすがにこの行動は予想してなかった。

ほんの一瞬だけ口唇を重ねた後で、心菜はすぐに離れる。

そして照れくさそうに、

「アタシならこうする。愛情の涙でも欠片が消えないなら、さらに愛情を伝える。それが最適解でしょ？」

「いや……最適解って……」

「悪魔の鏡の欠片なんかに絶対に負けたりしない！　ほら、アタシの苗字も『鏡』だしさ！　鏡のピースを溶かすくらい、たくさん――」

「――鏡の、い、い、キスをあげる？」

「わっ!?　ちょ、英輔！　せっかくアタシがひらめいた決めゼリフだったのに！　察しがよすぎるからって取らないでよ～！」

「……あはは、悪いっ」

すねる彼女が可愛すぎてつい笑みがこぼれる。

鏡のキス、か。

つるぎはあんな自撮りを送ってきたが、心菜までこんなアピールをしてくるとは。

でも、いきなりキスされたっていうのに不思議と悪い気はしなかった。

それどころか……。

「あれ？　英輔？　なんでそっぽを向くの？」

「……なんでもない」

「ひょっとして……本気でハズかしがってる？」

「……………」

「黙った⁉　目を合わせないってことはビンゴでしょ！」

「……さあな。あんたは計算高くて研究熱心。今のも役作りなんだろ？」

「あはは、バレた？　実はそうなんだ〜」

心菜は「大丈夫！　次するときは予告するから！」とピースサイン。

俺が顔をそらしてるせいで、その表情まではわからない。

（まったく）

たしかに役者は世界一優しいウソつきなのかもな。

今のキスみたいに。

騙し打ちじみた行動で誰かを幸せにするのが得意で――。

「――ごめん。今のウソ」

ひょっとしたら、心菜を騙した罰があたったのかもしれない。

俺はまんまと彼女の演技に騙された。


予告なしで、再び心菜がキス。


今度は一瞬で終わらない。

身長差を埋めるようにぎゅっと飛びつかれた。

細い両腕で俺の首を抱きしめ、ただ一生懸命に、口唇を重ねてくる。

「んっ……ちゅっ……」

いや、待て。

「あっ……おねがい……にげないで……ちゅっ」

待て待て待て。

「もっと……ちゅっ……えーすけ……んうっ……ちゅっ……ふわっ」

待て待て待て待て待て待て。

「あっ――」

俺が彼女を引き離して背を向けると、心菜はせつなげに吐息をこぼした。

――きっと、今のも……。

「役作りだよな？」

キスされるのを避けるために背を向けたままで問う。

明日から始まる『キミ恋』の準備。

つるぎと同じく、明日からこれくらい過激なアピールをするという意志表明で――。

「うん、そうだよ」

そう言って、心菜が後ろからぎゅっと抱きついてきた。

背中に感じる元カノ役の体温とやわらかな膨らみ。

それこそリアリティショーなら大反響のラブシーン。視聴者が喜ぶこと間違いなしだが、

あいにく俺は喜ぶどころじゃなかった。

ヒーロー。

心菜は俺のことをそう評したっけ。

とてもじゃないが自分が英雄だなんて思わない。ただ、彼女の言葉はある意味当たって

たのかもしれん。

（そう。ヒーローには弱点がつきものだ）

悪役にその弱点を突かれ、ピンチに陥るのがお約束。

そしてヒーローと同じで柊木英輔にも弱点がある。

俺は情華以外がついた嘘ならよっぽどの名優じゃない限り見破れる。

けど、この特技には一つ制約がある。


相手の表情を直に観察しなくちゃいけない。


じゃないと嘘を見破れない。だからこそ心菜が情華の口癖を言ったとき、しっかりと表情を確認するために彼女を押し倒したのだ。

（ただ、なんとも俺らしくない悪手）

最初のキスの後に顔をそらしたせいで、心菜の芝居を見破れなかった。

「キミの言う通り。今のキスは……ただの役作り」

羞恥心を堪えるような小声。

心菜は優しく俺を抱きしめる。

愛おしそうに背中に頬ずりする。

「アタシとキミは元カノと元カレ役。明日からつーちゃんも交えてシェアハウスを始める。きっとドキドキの毎日だけど……互いのことを本気で好きになったら番組に支障が出ちゃう。キミだって、すごく困る……」

俺の弱点が見抜かれていたとは思えない。

しかし、偶然にも俺への対策としては最善手（ベスト）だった。

後ろから抱きつかれてるせいで心菜の表情が見えない。

嘘をついているのか、わからなくて——。

「安心して？　アタシ、英輔に——恋なんかしてないから」

「………」

——ああ。

それこそ俺たちの日常がリアリティショーで、もし大勢の視聴者に観賞されているとしたら、ぜひとも質問したい。

今の心菜の告白——本気か演技か、どっちだと思う？

【あとがきコメンタリー】

こんにちは。はじめましての方ははじめまして、あさのハジメと申します。

この度はお買い上げいただき、本当にありがとうございました。読者のみなさまに少しでも楽しんで読んでいただけたのなら、最高にうれしいです。そして、さらに楽しんでいただくために、作家としてキャラクターについてコメントしてみようかと。

【柊木英輔（ひいらぎえいすけ）】　A『キミ恋』のテーマは嘘（うそ）。そのテーマを体現した主人公になればと書きました。好きなものはトランプを使ったゲーム全般。色々と謎を抱えていますが、1巻内にもいくつかヒントはありますので、彼の正体についてぜひ考察してみてください。

【鏡心菜（かがみここな）】♡　好きな映画は『ローマの休日』。趣味はパズルゲーム、料理。実は映画よりも舞台演劇派で、映画はつるぎほどの本数は観（み）ていません。「こんな役者さんがいたら現場が上手（うま）く回りそう！」みたいな感じで書いています。

【雪村（ゆきむら）つるぎ】♠　こんな役者さんがいたら絶対に脚本を書くのがシンドいです。名前はスペードの由来である『剣』から。サメ映画だけでなく、映画全般が大好きなヒロイン。映画好きになった理由は、もし続刊を出せそうなら、そこで明かせる予定です。

【柊木来愛】♣ 好きな映画は『耳をすませば』。企画書段階ではハラグロキャラでした。ただ、主人公の策略家キャラと被るため、主人公をひたすら推す妹に路線変更。「なぜクラブで名前が来愛なのか？」は、推理してみると面白いかもしれません。

もちろん「作家があとがきで設定について語るな、すべて作品で語れや！」という主張をなさる方々もいらっしゃるかと思うのですが、作家としては映画のオーディオコメンタリー、そして漫画やゲームの設定資料集が本当に大好きで……。

さらに本作は演劇物ですので、『裏方』としてコメントしてみました。

最後に、担当のMさん。最高すぎるイラストで作品を華やかに演出してくださったemily先生。MF文庫J編集部、さらには各所関係者のみなさま。そしてこの本を買ってくださった読者の方々に、深い感謝を。

では、もし『キミ恋』２巻を出せましたら、またお会いできましたら幸いです！

２０２１年12月　あさのハジメ

MF文庫J

キミの恋人オーディション
台本にないけどキスしていい？

2022年1月25日　初版発行

著者　あさのハジメ

発行者　青柳昌行

発行　株式会社 KADOKAWA
〒102-8177 東京都千代田区富士見 2-13-3
0570-002-301（ナビダイヤル）

印刷　株式会社広済堂ネクスト

製本　株式会社広済堂ネクスト

Printed in Japan　ISBN 978-4-04-681096-0 C0193

◇◇◇

【 ファンレター、作品のご感想をお待ちしています 】
〒102-0071 東京都千代田区富士見2-13-12
株式会社KADOKAWA　MF文庫J編集部気付「あさのハジメ先生」係「emily先生」係